KB075839

박지혜

2007년 11월 출판계에 입문해 대형출판사 두 곳에서
어학서·자기계발서·경제경영서·인문교양서를 만들었다.
한때 베스트셀러 만드는 데 미쳐서 분야를 가리지 않고
돈 되는 건 다 만들던 시절이 있었다. 만드는 족족
종합 순위 안에 책 올리는 재미로 회사를 다녔다.
편집 경력 13년 차를 넘길 즈음 저자와 독자, 출판인 모두에게
의미 있는 책이란 어떤 것인지 깊이 고민한 끝에 2020년 6월
멀리깊이를 창업했다. 그리고 그것이 돈이든 팬덤이든 운이든
책의 외부 요소를 거세하고 책 본연의 목적에 충실한 책으로
중쇄를 찍어 보자고 다짐했다. 멀리깊이는 어제도 오늘도
내일도 그 고민과 노력의 결과값이다. 기획안을 들고 유유를
찾은 창업 2년 시점에 멀리깊이의 최고 쇄수는 10쇄였고
중쇄율은 70퍼센트였다. 창업 일기인 동시에 분투기인
『날마다, 출판』을 썼다.

중쇄 찍는 법

중쇄 찍는 법

잃은 독자를 읽은 독자로

박지혜 지음

잃어버린 독자를 찾아서

중쇄라는 장벽

마케팅에는 '캐즘chasm 이론'이란 것이 있다. 캐즘이란 지각 변동으로 인해 발생된 단절 구간을 뜻하는 지질학 용어로, 혁신적인 신제품이 초기 시장에서 주류 시장으로 넘어가는 과정에서 맞닥뜨리는 수요 급감 현상을 일컫는다. 캐즘을 넘어서는 제품은 주류 시장으로 들어서지만, 캐즘에 굴복하는 제품은 일부 수용자의 전유물로 남는다. 표1에서 보이는 캐즘은 흡사 우리 출판시장의 중쇄 절벽처럼 보이기도 한다. 요즘처럼 책을 안 읽는 시대에 우리가 펴낸 한 권 한 권은 독자들에게 '혁신적인 신기술만큼이나 낯선 무언가'일 수 있다. 실제로 대

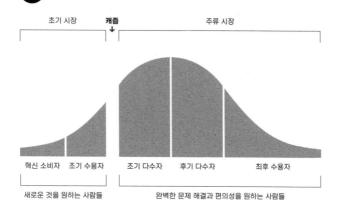

표1

초기 시장　캐즘　주류 시장

혁신 소비자　조기 수용자　조기 다수자　후기 다수자　최후 수용자

새로운 것을 원하는 사람들　완벽한 문제 해결과 편의성을 원하는 사람들

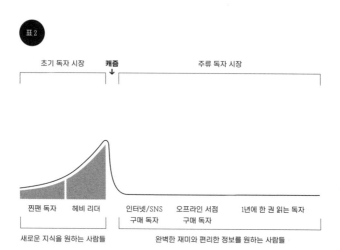

표2

초기 독자 시장　캐즘　주류 독자 시장

찐팬 독자　헤비 리더　인터넷/SNS 구매 독자　오프라인 서점 구매 독자　1년에 한 권 읽는 독자

새로운 지식을 원하는 사람들　완벽한 재미와 편리한 정보를 원하는 사람들

부분 책이 극소수 독자에게 노출되는 데 그치고는 사라져 버린다. 표1의 기술수용주기 모델을 현재의 출판계에 좀 과장되게 적용해 본다면 아마도 표2와 같은 모양이 될 것이다.

우리 출판인에게 중쇄●를 찍는 일은 이 캐즘의 골을 뛰어넘는 일이다. 우리는 넷플릭스와 유튜브를 보느라 책 볼 시간이 없는 사람들을 상대로, 그나마도 베스트셀러에 올라 검증이 되고 난 뒤에야 책을 사서 보는 다수 독자를 상대로 스테디셀러라는 피니시 라인에 들어서야 한다.

과거의 영광일 뿐이지만, 나도 한때는 꽤 잘 팔리는 책을 만드는 편집자였다. 제목만 대면 누구나 아는 그런 책을 만드는 수준까지는 아니어도 회사가 필요로 할 때 팔리는 책을 만들어 내놓는 그런 편집자. 10만 부짜리 터트리는 편집자가 '10만+3만+2만+2만+1만'을 만들어 낸다면, 나는 '5만+5만+3만+3만+2만'을 만드는 식으로 몫을 해 냈다. 딱히 분야나 원고를 가리지도 않았다. 뭔가 좀 부족해 보이는 원고일수록, 안 해 본 분야일

● 중쇄란 처음 출간한 도서가 시장에서 모두 팔려 나가 동일한 데이터를 다시 인쇄하는 일을 말하며 '1판 1쇄', '1판 2쇄' 같은 식으로 명시한다(이 책에서는 초판 2,000부를 기준으로 삼겠다). '중쇄를 찍다'보다는 '증쇄하다' 또는 증쇄 안에 포함된 '재쇄하다'가 옳은 표현이지만, 독자에게 좀 더 익숙하고 능동적인 느낌을 주는 '중쇄를 찍다'라는 표현을 쓰겠다.

수록 '이걸 어떻게 팔리게 만든담?' 구미가 동했고, 판매가 소소하게 터질 때마다 짜릿짜릿했다. 함께 일하던 마케터에게서 "이건 박지혜가 만들어서 팔리는 것 같아."라는 말을 들었을 때나 "한 해 신간 판매부수가 웬만한 출판사 1년 매출이네."라는 말을 들었던 순간의 온도, 습도, 공기의 방향과 냄새를 기억한다. 그만큼 뿌듯하고 자랑스러웠다.

아마도 오늘, 이런 경험을 하는 출판인은 정말 흔치 않을 것이다. 내 세대가 '만들면 팔리는 체험'을 한 마지막 세대가 아닐까 싶다. 시장 탓이든 내 능력치의 한계이든 내가 만든 책이 서서히 독자와 시장에게 외면받으면서, 한 권 한 권 어떻게든 후딱 만들어 서점에 밀어내는 일이 나의 존재 이유가 되기 시작하면서, 나는 깊은 슬럼프에 빠졌다. 경력 12년 차를 넘기면서부터였다. 슬럼프와 함께 더는 날카로운 콘셉트가 잡히지 않았을 뿐 아니라 책의 얼개마저 잡아 낼 수 없었다. 속절없이 무너지는 기분이랄까. 상사에게 걱정 어린 지적을 받기도 했다. "이제 팔리는 책이 나와 줄 때가 됐는데." 무엇보다 내 속이 문드러졌다. 어떤 책을 왜, 어떻게 만들어야 할지 갈피를 잡지 못해 표류하는 기분이었다.

그렇게 2년간 지독한 슬럼프에 시달리던 끝에 퇴사

를 했고, 멀리깊이를 창업했다. 그리고 그게 어떤 책이든 팔리지 않는 게 이 업계의 디폴트라면, 한 권을 만들더라도 의미 있게 만들어 보자고 다짐했다. 기준도 정했다. 꼭 필요한 정보를, 그 정보를 제대로 전달할 수 있는 저자가 쓰게 만들자. 그리고 책이 구현하는 의미는 중쇄로 수치화하자. 꼭 필요한 정보였다면, 그 정보를 제대로 전달할 수 있는 전문가가 써냈다면, 그리고 결국 중쇄를 찍는 데 성공했다면 그 책의 의미는 구현된 셈이었다.

창업 후 불과 1~2년 사이에 온라인 서점 베스트셀러 1위의 일주일 판매부수가 3,000부대에서 1,000부대로 내려앉았다는 이야기가 들려오기 시작했다. 종합 1위의 판매부수만을 가지고 논하기에는 너무 가벼운 분석이지만, 체감하는 판매 상황만큼은 1~2년 전과 비교해도 절반 수준이었다. 「2021년 국민 독서실태 조사」에 따르면 2020년 9월~2021년 8월 성인의 평균 종합 독서량은 4.5권이다.● 대한민국 20~60세 인구는 3,000만이고 2021년 신간 출간 종수가 64,657종이니, 이를 계산해 보면 구조적으로도 도서 한 부의 판매부수는 2,000부

● 참고로 「2021년 사회조사 보고서」에 따르면 우리나라 성인 인구 중 1년에 단 한 권이라도 책을 읽는 사람은 전체의 절반 정도다. 통계수치에 따라 다르지만, 13세 이상 인구를 기준으로는 46.5퍼센트, 직장인 기준으로는 52.1퍼센트이기 때문에 인구 중 절반은 아예 책을 읽지 않는다고 봐도 무방할 것이다.

를 넘기기 어렵다. 그러나 이런 허허벌판에서 진작 말라 죽었어야 하는 멀리깊이는 창업 3년을 바라보는 오늘도 끄떡없이 버텨 내고 있다. 이 책의 계약 근거가 된 중쇄율 70퍼센트●도, 비록 모집군 자체가 미미하기는 하나 분명 의미 있는 수치다. 업계 평균 중쇄율이 20퍼센트 내외라고 하니 선방한 것이 맞다.

창업 이후 나는 이토록 책을 읽지 않는 시대에 내 책의 초판을 소진해 준 고마운 독자들에게 확신을 갖게 됐다. 열 권 중 일곱 권의 중쇄를 찍었다는 것은, 달리 말해 멀리깊이라면 이 험준한 출판시장에서 꿋꿋이 살아 내리라는 인증마크를 받은 셈이라고도 느껴졌다. 그래서 이 인증마크의 지표를 만들어 둬야겠다고 생각했다. 우리 책이 중쇄를 찍은 근거는 무엇인가. 책의 내용, 제목, 디자인에 어떤 특징이 있었는가. 같은 시기 출판사를 창업한 동료 중에는 내가 이런 얘기를 할 때마다 답답해하는 이들이 많다. 수시로 불안해하는 내게 (정말 진심으로 나를 걱정해서) 이렇게 충고하는 동료도 있다. "공식은 정해져 있는 거 알잖아, 만들던 대로 만들어." 맞다, 100퍼센트 인정한다. 유명 저자, 유명 유튜버, 화제가 되고 있는 이야기, 확실하게 이득을 안겨 줄 정보가 있는

● 기획안을 들고 유유출판사를 찾아간 시점의 중쇄율이다. 확장 외국어 시리즈 6권을 1종으로 셈해, 멀리깊이의 중쇄율 70퍼센트 의 근거가 되는 중쇄 도서는 14종 중 10종이다.

책. 이런 요소들을 가져다 책을 만들면 된다. 첫 책『날마다, 출판』을 쓸 때만 해도 내게는 뭔가 고고한 기준이 있는 것처럼 굴었지만, 그 1년 사이에도 돈 되는 책은 따로 있고 그런 책을 못 내면 살아남기도 어렵다는 냉혹한 현실을 실감했다. 하지만 다시 원점으로 돌아가서, 돈이 기준일 때 내가 느꼈던 그 공허함에 다시금 빠져들지 않으려면 내 기준이 있어야 했다. 돈을 벌더라도 어떤 책을 만들어 중쇄를 찍으리라, 나 스스로 납득할 수 있어야 했다.

이 책은 '오늘 우리에게 필요한 책이란 무엇인가', '어떻게 하면 그 책을 만들 수 있을까' 고민한 끝에 정리한 내 나름의 중쇄 공략집이다. 수시로 두렵고 불안하지만, 이 공식이 있어 꿋꿋하게 헤쳐 나갈 수 있다. 나는 이제부터 이야기할 많은 이유로 인해 출판을, 나의 독자들을, 멀리깊이의 생존을 낙관한다. 그리고 이런 근거 있는 낙관을 가지고 꿋꿋하게 책을 내는 동료들이 더 많아지기를 바라며 이 책을 썼다. '출판으로 부자 되는 법', '베스트셀러 내는 법'이 아니라 '중쇄 찍는 법'을 논하는 수준이라는 것이 멋쩍기는 하지만, 허투루 만들지 않은 꽉 찬 책 한 권 한 권을 한 명이라도 더 많은 독자에게 읽히려는 노력의 결과라는 점을 알아주셨으면 좋겠다. 그리고 이 방법론이 내 신뢰하는 동료들께서 험준한 시장을 버텨 나가는 데 작게나마 도움이 되었으면 한다.

들어가며

― 잃어버린 독자를 찾아서 ⋯ **9**

〔 1 〕
나는 왜 이 책의 기획안을 들고
출판사를 찾아갔나

중쇄라는 희망의 근거를 찾아서

방법론을 공유하고 싶었다

이 책을 쓰기에 앞서 딱 두 가지 목표를 설정했다.

첫 번째는 출판업계의 일부, 마치 책 사 줄 독자가 모두 사라져 버리기라도 한 것처럼 열패감에 사로잡혀 있는 이들과 산뜻하게 거리를 두고자 했다. 출판시장이 아예 망가져 버린 것은 아닐까 염려가 될 정도로 책이 팔리지 않는 현실을 부정하고 싶지는 않다. 그러나 나는 여전히 서점 매대에 올라오는 신간들을 보며 함께 책 만드는 업계 동료들에게 경외감을 느낀다. '어떻게 이런 생각을 했을까?' 오늘 내 주변의 많은 출판인이 넷플릭스와 유튜브가 잠식한 콘텐츠 시장의 흐름에 대응하려고 최선을 다해 새로운 시도를 하고 있다. 출판사 이름을 내건 정기구독 서비스를 실행하기도 하고, 독자와 저자가 가장 가깝고 친밀감 있는 위치에서 만나게끔 다양한 방식의 북토크와 전시를 진행한다. 거대 자본이 탄생시킨 자극적이고 즉각적인 콘텐츠에 맞서, 한 권 책이 지니는 의미를 극대화하려고 오늘도 출판계 동료들은 각고의 노력을 기울인다. 그러므로 넷플릭스는 넷플릭스, 출판은 출판이다. 쓸데없는 열패감에 사로잡혀 사람들이 더는 책을 읽지 않는다고 슬퍼하고 있을 필요가 없다. 한창 성장하는 업계를 보면 온갖 방법론이 쏟아진다. 나 역시 비관적인 전망 말고 우리가 여전히 힘을 내 앞으로 달려갈 근거가 이렇게나 많다는 이야기를 해 보고 싶었다. 흥 나서 떠드는 사람이 없다면 '그래, 나라도 하리라' 생각한 것이다.

두 번째는 내가 맞는다고 믿는 것을 확인해 보기로 했다. 잘 만든 책은 정말 팔리는가? 잘 만든 책은 어떤 요소들을 지니고 있는가? 멀리깊이의 책은 정말 그 요소를 담보하고 있는가? 이 책을 통해 70퍼센트의 중쇄율은 정말 그 근거를 가지고 있는 수치인지 확인하고 싶었다. 지금 우리가 맞이한 이 위기가 단순히 재쇄도 못 찍는 책들을 만들어 내는 통에 벌어진 참극이라면, 재쇄를 찍는 방법론에 대해 다 같이 이야기를 나누고 싶었다. 우리 한번 재쇄를 찍어 보자. 책을 만드는 사람으로서 도대체 뭘 해야 이 업계에 중쇄 바람이 불까, 다 같이 고민해 보자는 것이다.

이언 골딘과 크리스 쿠타나가 쓴 『발견의 시대』에는 폭발하는 천재성의 시기 르네상스의 특징을 분석한 글이 나온다. 그에 따르면 1450~1550년에 특별히 천재가 많이 나와 그 찬란한 문화 업적을 이룩했던 것이 아니다. 대항해 시대가 열리며 물자나 정보, 지식이 삽시간에 유통되었고 개인의 성취가 집단적으로 높아진 시기였기에 천재적인 발견도 동시에 증가했을 뿐이다. 나는 오늘의 출판계에도 이 집단적 성취의 근거가 얼마든지 있다고 생각한다. 그 어느 때보다 기획과 편집 역량에 대한 정보와 이해가 높고, 유능한 편집자들이 출판 전면에 등장해서 시장의 흐름을 주도하고 있기 때문이다. 외견상 거대해 보이는 출판사에서조차도 탁월한 기획편집자 한두 명의 발 빠른 기획으로 한 해 매출의 명운이 달라진다. 시장이 쪼그라들었으므로, 책 한 권이 터지느냐 마느냐에 너무 많은 문제들이 해결되거나 발생하고 있으니 어찌 보면 당연한 현상이다.

책이 팔리는 이유는 책 안에 있어야 하기에

나는 멀리깊이의 책은 물론, 멀리깊이가 창업한 이후 독자들의 선택을 받은 타사 도서들도 꼼꼼하게 살펴보았다. 불과 몇 년 전까지만 해도 책이 팔리면 왜 팔렸는지 쉽게 분석할 수 있었다. 책이 서점이라는 유통처 내에서 움직였기 때문이다. 그러나 요즘은 책이 팔려 나가도 왜 팔리는지 알 수 없는 경우가 많다. 서점 밖 수없이 많은 플랫폼과 채널에서 각개전투로 팔려 나가기 때문이다. 해당 도서의 편집자나 마케터를 만나서 그 책이 왜 움직였는지를 확인하고 나서야 '아, 책이 이런 루트로도 팔리는구나' 하고 멍해질 때가 많다. 가장 신기했던 방식은 원고가 완성된 상태에서 책 전용 인스타그램 계정을 만들어 주요 문장을 계속해서 업로드하고 광고한 뒤에 팔로워가 일정 수준에 도달하면 해당 계정명을 저자명으로 바꿔 책으로 펴내는 방식이었다. 출간보다 마케팅을 선행하는 것이다. 2022년 상반기에만 종이값이 30퍼센트 올랐다. 책 한 권을 제작하는 일의 리스크가 어느 때보다 높은 요즘 같은 시기에는 차라리 현명한 방법이라고 느꼈다.

그러나 나는 여전히, 책이 팔려 나가는 이유는 책

안에 있어야 한다고 믿는다. 가끔 업계 밖 사람들을 만날 때마다 나를 향해 힐난하듯이 하는 말, "책 내용이 다 거기서 거기고 그 말이 그 말이야"라는 불만에서 벗어난 책을 만들고 싶었다. 그래서 독자의 선택을 받기 위해 책은 어떤 내용을 담보하고 있어야 하는지 고민했다. 동시에 구체적으로 반성했다. 그 결과 나는 출판 외부의 힘을 빌리지 않고 책 본연의 힘으로 팔려 나가려면 '파격성, 충분성, 미래지향성'이 있어야 한다고 결론 내렸다(추후 존경하는 편집자인 최연희 따비 기획편집위원이 파격성보다는 '전복성'이 알맞은 표현 같다고 제안해 해당 내용을 수정했다).

그렇게 기획안을 만들어 유유의 조성웅 대표를 찾았다. 출판계 담론 형성의 한 흐름을 차지하고 있는 '만드는 법' 시리즈를 꾸준히 출간해 온 곳이다 보니, 낸다면 유유에서 내야 방법론을 만들어 낸 의미가 구현될 것 같았다. 출간이 결정된 후 약속한 날짜에 탈고한 원고를 보냈고, 얼마 뒤 담당 편집자에게서 수정사항이 빼곡하게 메모된 파일이 날아들었다.

덕지덕지 메모가 붙은 원고를 보며 나는 크게 세 가지 감정을 순차적으로 느꼈다. 첫째, 당혹스러움. 아, 남의 책 만들면서 내 책도 쓰느라 얼마나 팍팍하고 괴로운 시간이었던가. 드디어 일감 한 보따리는 쳐 냈다고 해방감을 만끽하고 있던 차에 받은 파일은 내게 '처음부터 다시 써야 해'라고 말하고 있었다. 둘째, 민망함. 얼렁뚱땅 눈곱도 안 뗀 원고를 '알아서 내시겠지' 떠넘겨 버렸는데 그 무책임과 게으름이 고스란히 전시된 기분이었다. 셋째가 고마움이었다. 해당 내용을 모두 반영하자면 원고를 다시 써야 할 판이었음에도 불구하고, '이렇게만 고쳐 낸다면 적어도 중쇄는 찍을 수 있겠구나' 하는 안도감이 들었다. 아울러 이 책이 출간되는 방식 자체가 이 책의 방법론을 증명하는 수단이겠다고 느꼈다. 나의 책은 전복성을 지니고 있는가. 충분성을 지니고 있는가. 미래지향성을 내포하고 있는가. 이를 염두에 두고 원고를 써 내려갔다. 전복성, 충분성, 미래지향성이 고루 들어가게끔 책을 만드는 기술력이 우리를 중쇄의 세계로 인도하리라, 이 책 자체가 그 실험이 되리라는 확신이 생겼다.

우리에겐 알량한 아이디어가 아니라
기술력이 필요하다

출판이라는 정교하고 아름다운 제조업의 세계

지각하지 말라는 경고 속에 들어 있는 것

내가 다닌 첫 직장은 직원 교육 차원에서 전문가들을 모
셔 사내 강연을 실시할 때가 많았다. 그런데 강연 시작
시간은 무조건 출근 시간인 8시 30분이었다. 출판단지
가 있는 파주에 오전 8시 30분까지 도착하라니, 강연자
에게도 일반적인 일이 아니었기에 이런 농담으로 강연
이 시작되기도 했다. "이 시간에 여기 오는 게 절대 쉬운
일이 아니니 재미있게 들어 주세요." 당연히 직원 중에
도 지각하는 사람이 나왔고 나도 단골 지각생이었다.

그런데 어느 날 강연이 끝나고, 대표님이 마이크를

잡고 미세하게 손을 떨면서 분노에 가득 찬 경고를 날렸다. "지각하지 마라. 지금 자기가 마치 작가처럼 창조적인 일을 하는 사람이라고 착각하고 있나 본데, 우리는 제조업 종사자다. 제조업에서 무엇보다 중요한 것은 시간 엄수다." 그러고는 한동안 출근 시간에 회사 앞을 지키고 서서 시간이 다 됐는데도 설렁설렁 걸어오는 직원이 있으면 빨리 뛰어오라고 소리를 지르며 허공에 휘휘 '오라이' 수신호까지 보냈다.

그땐 그게 너무 싫었다. 시대감각이 떨어지는 경영 스타일 같았다. 아니, 구글에서는 직원들의 창의력과 문제해결력을 끌어올리려고 업무 시간에 해먹에서 잠도 자게 해 준다는데, 고작 지각 좀 했다고 저렇게 직원들을 들들 볶을 게 뭐람. 하지만 대표님의 이야기에는 동의할 수밖에 없는 지점이 있었다. '우리는 제조업 종사자'라는 것이었다.

흔히 '지식도매상'이라 불리는 우리 출판인은 엄밀히 말해 책이라는 제품을 생산해 내는 제조업자다. 1차적으로 물건을 잘 만들어야 한다. 어떤 아이디어를 어떤 형태로 구성하고 이를 얼마나 섬세한 경지로 완성해 내느냐 하는 창작의 영역도 물론 중요하다. 그러나 작가가 창조한 세계 혹은 정보를 얼마나 정교하게 '책의 모양으로 구현해' 쓸모를 만들어 내느냐는 제조의 영역이다. 우리가 하는 모든 일; 제목을 짓고 차례를 꾸리고 교정을 보고 디자인하고 제작하는 모든 영역이 종국에는 '제조업'의 영역에서 완성도를 증명하는 일인 것이다. 창조의 영역에서는 실수도 기회의 일부이고 아이디어의 발판이 되지만, 제조의 영역에서 실수는 '불량'을 의미한다.

안 그래도 제조업인 출판이 제조업이어야 한다는 이야기를 왜 이렇게 강조하나, 의아할 수도 있다. 그러나 우리가 속한 업이 '매번 새로운 결과물을 만들어 내는 창조적인 무언가'라고 인식할 때와 '일정 수준 이상의 작업물을 완성해야 하는(심지어 불량품이 없어야 하는) 제조업'이라고 인식할 때에 우리가 원고를 대하는 자세는 달라질 수밖에 없다. 우리 업의 본질이 창조적인 무언가일 때, 우리 책의 운명은 그때그때 떠오른 아이디어와 저자 활동에 좌우되기 쉽다. 그러나 우리 업의 본질이 완성도를 높여야 하는 제조업일 때, 우리는 우리 책의 운명을 더 적극적으로 개척할 수 있다.

15년 전 출판사에 갓 들어가 책을 만들 때만 해도 책 만드는 과정에서 반드시 점검해야 하는 사항이 정말 많았다. 3년 차에 이직했을 때 한 선배가 스스로 만든 출간

점검표에는 다음과 같은 문항들이 있었다. '제목과 저자 이름이 정확하게 기재되었는가?' '영문 판권에 원서명과 저자/출판사명이 명확하게 기재되었는가?' '저자 약력에 오류나 오자는 없는가?' '보조용언이 통일되어 있는가?' '제작발주서에 용지/함량/색상을 명확하게 기재했는가?'······ 교정에서 제작에 이르기까지 단계별로 점검해야 하는 내용을 마감 전에 다시 한번 꼼꼼하게 살피는 용도였다. 그때는 아직 필름 출력을 하던 때인지라 배열표를 만들어 인쇄용 필름이 배열표대로 제대로 나왔는지 하나하나 대조하는 과정까지 거쳤다. 별도로 필름을 뽑을 필요 없이 인쇄용 PDF를 확인하면 그만인 요즘의 출판 상황에서 배열표 작성은 한때의 유물 같은 과정이 되어 버렸다.

그러나 생각해 보자. 여전히 많은 편집자가 저자 이름, 심지어 제목이나 부제를 틀리는 사고를 내 인쇄된 책을 전량 폐기하고 다시 찍거나 스티커 붙이는 작업을 하곤 한다. 편집자가 감수자의 이력을 당사자에게 확인도 하지 않고 인쇄해 버리는 바람에(하필 같은 분야에서 활동하고 있는 다른 전문가의 이력을 실어 버렸다) 책이 나온 뒤 울면서 사죄하는 상황을 보기도 했다. 나또한 멀리깊이를 창업하고 난 뒤에도 원고 분량 계산을 잘못해 저자가 쓴 피 같은 원고를 일부 덜어 내는 말도 안 되는 실수를 저지르기도 했다. 그 뒤로 본문 구성이 복잡한 책은 원고 작성 시점부터 배열표를 만들고 있다. 내가 정조준한 타깃에게 얼마만큼의 분량이 적합할까, 이 계산은 책의 만듦새에 결정적 영향을 끼친다. 256쪽을 예상하고 원고를 받아 디자인 작업을 했는데 앉혀 보니 300쪽이 넘더라, 하는 실수를 저질러 버리면? 해당 타깃에게 적정한 가격을 매기는 데 실패하는 것은 물론이고 매대에서 책을 집어 드는 순간 '이건 내가 못 읽겠네'라는 인상을 심어 주게 된다. 고백한 대로 나는 기획 단계에 설계한 바로 그 책의 모양새를 구현하는 일이 여전히 어렵고, 그래서 더더욱 '내가 상상하는 제작 사양에 맞는 원고' 수급을 위해 많은 노력을 기울인다. 단순히 실수를 피하자는 말이 아니다. 일정 수준 이상의 제품을 만들겠다는 기준을 내부에 가지고 있느냐 없느냐가 책의 전체 꼴을 좌우하는 무척이나 중요한 기준이 된다는 말이다.

출판을 제조업이 아닌 서비스업으로 분류해야 한다, 장기적으로는 출판 매니지먼트에 해당하는 서비스를 제공해야 한다는 주장을 간간이 접한다. 내가 다니던 출판사에서도 이미 7~8년 전에 주장하던 바이고, 새

삼스러울 것도 틀릴 것도 없는 이야기다. 흡사 연예인을 관리하듯이 작가의 단권 도서가 아니라 장기적 관점에서 작가의 IP지식재산권 전체를 관리하고 이를 영상화하고 세계화하는 작업으로까지 매니지먼트해야 한다는 주장에, 그럴 수만 있다면야 거리낄 게 무언가. 그러나 현실적인가? 이미 열악한 상황에 따라 파편화될 대로 파편화된 도서 시장에서 작가의 IP를 세계화하는 수준으로까지 성장시킬 수 있는 역량을 가진 출판사가 존재하는가? 존재한다고 한들 해당 출판사가 장기적으로 매니지먼트에 집중할 인력을 양산하고 감당할 수 있는가? 역으로, 시장은 그것을 원하는가? 우리의 독자는? 애당초 작가라는 존재가 IP를 기반으로 공룡화될 수 있는 존재인가? 셰익스피어가 아닌 이상 작가 IP를 매니지먼트하는 것이 출판의 미래라고 주장할 공룡들이 우리에겐 존재하는가? 아이브나 뉴진스가 가진, 그만한 팬덤이 출판에 존재하는가? 셰익스피어의 시대엔 셰익스피어가 유일한 오락거리였다. 그러나 지금은? 나는 근거가 있어야 낙관이라고 믿는다. 출판처럼 열악한 시장에선 웬만한 낙관은 망상에 가깝다. 그러니 차분하게 제조업 종사자로서의 우리를 성찰하지 않으면 안 된다고 주장한다.

제조업의 세계는 장인의 세계

이 글을 쓰는 시점을 기준으로 196만 조회수를 자랑하는 다큐멘터리 『입체분석 세계 1등 한국의 조선산업』은 코로나 팬데믹 와중에도 전에 없는 수주량을 자랑하는 한국 조선업의 근간을 확인할 수 있는 방송이다. 이 다큐멘터리에서 내가 가장 감명 깊게 본 대목은 LNG액화천연가스 수송선 내부 용접에 관한 부분이었다.

LNG선은 한국이 한 척에 5억 달러나 하는 고부가가치 선박 수출 세계 1위를 달성하는 데 발판 역할을 했다. LNG 액화 설비가 내장된 이 수송선에는 LNG 저장운송탱크라는 것이 있다. 기체 상태인 천연가스를 영하 163도로 액화시키면 600분의 1로 압축되어 많은 양을 실을 수 있다고 한다. 하지만 영하 163도 상태로 압축되면 폭발 위험성 역시 엄청나게 높아지기 때문에 조금이라도 틈새가 있으면 원자폭탄의 몇 배의 위력을 드러낸다고. 또한 해상에서 21만 톤의 액화천연가스가 유출되면 반경 몇 킬로미터의 바다가 얼어 버릴 수 있다. 따라서 유출을 막기 위해 저장운송탱크 내부에 9천 개에 달하는 패널을 깔고, 겉에 특수 금속을 둘러 사람 손으로 일일이 용접한다. 이 LNG선 멤브레인 용접을 위해 기술자들은 매일 아침 용접 테스트를 통과해야만 하고 월 단위로 자격증도 갱신해야 한다. 모든 금속판에는 기술자의 이름이 적힌다. 이런 게 제조업 전문가의 세계다.●

콘텐츠 서비스업이라고 하면 멋있는 게 되고 제조업이라고 하면 멋없는 게 되는 거야? 나는 반문한다. 제조업의 세계는 장인의 세계다. 정교하고 단단한 세계, 한 땀 한 땀 과정의 몰입도가 감동을 안기는 세계다.

얼마 전 종합 베스트셀러 5위에 놀랍게도 이름이 알려지지 않은 작은 출판사가 펴낸 과학도서가 올라온 것을 보았다. 분야도 분야이거니와 출판사 이름도 낯설어 그곳에서 그간 어떤 책을 펴냈나 살펴봤다. 2015년 첫 책을 펴낸 출판사로, 출간 리스트가 참 정갈했다. '와…… 이런 고상한 책들을 내면서 이제까지 어떻게 버텼냐.' 놀랍고 신기한 마음에 동료 편집자에게 그 출판사에 관해 아느냐고 물었더니 마침 아는 사람이 있어 이야기를 들은 참이라고 했다. 최근까지도 너무 힘들어 그만 포기할까 고민하던 시점에 책이 터져 줬다고, 2주에 2만 부씩 찍고 있다고. 2주에 2만 부라니…… 요즘 같은 불황에 상상하기 어려운 속도와 양이었다.

도대체 이 책이 어떻게 팔리기 시작한 것일까, 이렇게 저렇게 수소문하기 시작했다. 아무래도 책이 잘

될 때 작용하는 '보이지 않는 손'이 작용한 듯했다. 어느 책 소개 유튜브 채널에 이 책이 나왔고, 그 책 소개가 구독자들을 심하게 설레게 했고, 단기간에 책이 왕창 팔리면서 순식간에 종합 베스트셀러 상위권으로 치고 올라갔으며, '아니, 갑자기 과학책이 왜 종합 순위에 올라온 거야?' 나처럼 의아했던 독자들이 호기심에 책을 사고…….(누군가 짜 놓은 퍼즐이 착착 들어맞는 듯한 스토리였다.)

책이 도착하자마자 손에 쥐고 한참을 들여다보았다. 제목이 좋고, 표지가 좋고, 띠지 카피가 좋고, 내용이 흥미로웠다. '2주에 2만 부면 돈이 얼마냐.' 이런 얄팍한 생각이 머릿속을 맴돌았음을 부인할 수 없지만, 그간 버텨 온 값을 생각하면 절대 과한 벌이가 아니었다. 우리의 독자들은 그 출판사가 지난 몇 년간 비에도 바람에도 굴하지 않고 한 분야의 책을 꿋꿋하게, 고집스레 만들어 온 공력 덕분에 그처럼 매혹적인 이야기를 접할 수 있었다.

간혹 출판 불황과 관련된 기사가 뜨면 '책값이 그렇게 비싸니 책을 안 사지' 같은 댓글이 꼭 달린다. 독자 입장에서 생각해 본다면 우리가 생산하는 무형의 지식은 굳이 비싼 돈 주고 사지 않더라도 대강의 내용을 손에 넣을 수 있는 것들이다. 구독서비스를 이용하면 한 달에 만 원 이하로 필요한 내용을 얼마든지 확인할 수 있을지도 모른다. 그러나 우리가 만든 책이 거기에 그쳐서는 안 된다. 브루스 윌리스가 귀신이라는 사실을 알더라도 『식스센스』를 보는 관객들이 끊이지 않았던 것은 영화관에 가서 두 시간을 앉아 있어야만 만끽할 수 있는 미스터리 스릴러로서의 만족감을 충분히 선사하는 영화를 만들었기 때문이리라. 우리의 도서도 그렇게 만들면 된다. '반드시 사서 봐야 하는 책'이 되려면 독자가 손에 쥐었을 때 총체적인 만족감을 주게끔 책을 만들어야 한다.

스타벅스에 앉아 커피 한 잔, 케이크 한 조각 주문하면 내는 돈이 15,000원인 시대에, 250쪽에 15,000원 하는 책이 비싸서 못 사겠다는 이야기를 듣고 있노라면 책 만드는 사람으로서 서글퍼질 때도 있다. 그러나 달리 생각하면, 우리가 만드는 책이 우리의 독자들에게 스타벅스 커피 한 잔, 케이크 한 조각만큼의 만족감도 주지 못하는 현실을 성찰해 봐야 한다는 뜻이다. 책을 소비하는 인구는 줄어들고 책을 만드는 비용은 자꾸만 올라가니 앞으로 우리가 만드는 책의 정가는 점점 더 비싸질 것이다. 그렇다면 더 큰 만족감을 선사하는 수밖에 없다고 본다. 이에 대해서도 차차 더 깊은 이야기를 풀어 보겠다.

유튜브 동영상 한 편을 보고 감동받는 대신 책 한 권을 읽는 능동적인 선택을 하게 하려면 우리의 책에는 어떤 변화가 필요한 걸까. 우리가 다루는 정보는 얼마의 함량을 지녀야 할까. 우리가 가공하는 정보는 얼마나 견고해야 하는 걸까.

고민하던 나는 2할의 '전복성'과 7할의 '충분성', 1할의 '미래지향성'이 있어야 한다고 주장하기로 했다. 기존 상식을 뒤집어엎는 정보와 위로를 제공하고, 이 파격적인 주장이 충분히 납득되게끔 근거를 제시하며, 거기에 오늘보다 내일이 더 나으리라 희망을 갖게 하는 책을 만들자는 것이다. 이 2:7:1의 비율과 함량을 꽉 채운 견고한 제품을 제조해야만 중쇄를 찍을 수 있다고, 멀리깊이 창업 후 줄곧 이어진 생고생을 통해 확신하게 되었다.

시간과 믿음을 사는 가장 확실한 자산은 기술력

멀리깊이가 3년 동안 달성한 최고 재쇄 횟수는 『초등 노트 필기의 기술』로 이룬 11쇄다. 2위는 『판교의 젊은 기획자들』로 6쇄를 찍었다. 인문교양도서와 에세이를 출간하려던 멀리깊이가 자녀교육서와 경제경영서로 11쇄와 6쇄를 달성했다는 것은 지난 3년의 출판시장이 그만큼 혼란했다는 방증이다. 이 시기 잘되는 곳은 더 잘됐고, 더는 책을 내기 어려워 문을 닫거나 차라리 신간을 내지 않고 동면에 들어간 출판사도 많았다. 「2021년 출판산업 실태조사」에 따르면 1~2인 사업장의 1쇄 평균 발행부수는 1,127권인 데 반해 100인 이상 사업장은 51,375권●에 달한다. 평균 발행부수가 이렇게나 차이가 나는 데 반해 1~2인 사업장의 1쇄 판매완료 도달기간은 14.1개월, 100인 이상 사업장은 11.8개월로 큰 차이가 없다. 1~2인이 근무하는 대다수 출판사의 1쇄 평균 발행부수가 1,127권인 데 반해 고작 1퍼센트밖에 되지 않는 100인 이상 출판사의 1쇄 평균 발행부수가 51,375권이라는 것은 무엇을 의미하는가? 교과서 등을 비롯해 팔리는 책이 있는 출판사와 그렇지 않은 출판사의 생태계가 아예 다르다는 말이며, 팔리는 책 한 권이 있는지 없는지가 출판사의 규모와 매출을 결정한다는 말이나 다름없다. 멀리깊이처럼 작은 출판사가 창업 3년 차에 11쇄를 찍었다는 것은, 다시 말해 숨 쉴 구멍이 있었다는

● 교과서 및 학습참고서 판매가 반영이 된 수치이므로 왜곡이 심하게 나타난다. 참고로 1년 매출 1억 원 미만 사업장의 1쇄 평균 발행부수는 969.8부, 100억 원 이상 사업장은 13,364.3부이다.

뜻이다.

앞의 지표가 이야기하듯이 팔리는 책만 팔리는 출판 환경에서, 이름도 낯선 출판사에서 첫 책을 쓴 저자들의 책이 11쇄 책을 찍었다는 사실에 나는 큰 의미를 둔다. 1쇄짜리 11권 내는 시간을 벌어 주는 소중한 자산인 동시에, 우리도 11쇄를 낼 수 있는 저력이 있는 출판사임을 미래의 저자들께 보여 주는 보증서이기도 하다. 뒤에 설명하겠지만 나는 이 중쇄들의 근간에 2할의 전복성과 7할의 충분성, 1할의 미래지향성이 있었다고 믿는다.

아마도 이 책을 읽는 대부분의 출판 동료들은 아무리 쳐 내도 일이 줄지 않는 환경에서 엄청난 노동 강도에 시달리며 책을 만들고 계실 것이다. 노력을 기울인 만큼 책이 안 팔려 수시로 좌절감에 사로잡힐 것도 충분히 예상이 된다. 그러나 원고를 위해 쏟아 부은 시간과 그 시간을 통해 농축되는 내 기술은 누군가 가볍게 따라 하거나 벤치마킹할 수 있는 것이 아니라는 사실에서 위안을 얻자. 이후 저자들이 우리에게 원고를 줘야겠다고 결심한다면, 그것은 아마도 기획과 편집에 쏟아 부은 우리의 정성과 오랜 노력의 결과로 쌓인 우리의 안목 덕분일 확률이 높다. 나는 그 안목에 이름표를 붙여 보자고 주장한다. 기존의 질서를 뒤집어엎는, 그리하여 독자로

하여금 '어? 이게 무슨 말이지?' 호기심을 일게 하는 전복성을 지니고 있는가. '오, 이 정도면 한 권 사서 소장해도 되겠다' 싶은 충분한 정보를 담고 있는가. '그래, 나도 더 멋진 내가 될 수 있어, 내일은 오늘보다 더 나은 환경에서 살아가게 될 거야' 미래를 꿈꾸는 지향성을 드러내고 있는가.

일을 하다 보면 핑계 댈 것이 한두 가지가 아니다. 트렌드는 수시로 등장했다가 사라지고, 운이 좋아 성공했던 일이 그다음 번에는 그대로 적용되지 않기도 한다. 똑같은 사이트에 똑같은 비용을 들여 이벤트를 실시해도, 어떤 콘텐츠는 초대박이 나고 어떤 콘텐츠는 욕으로 도배되기도 한다. 그러나 이 모든 변수를 장악할 수 있는 것은 우리의 기술뿐이라는 사실에 천착해 보자. 결국 우리 모두는 버티기의 세계에 돌입했고, 버티는 힘의 근간은 우리의 '출판력'일 것이다.

{ 3 }

내가 찾은 중쇄의 황금비

2할의 전복성, 7할의 충분성, 1할의 미래지향성

'전복-충분-미래지향성'이라는 흥행의 순환구조

비주얼전략가인 이랑주 V.LAB 대표는 저서 『좋아 보이는 것들의 비밀』에서 '마법을 부리는 어울림의 비율 70:25:5' 법칙을 설명한 적이 있다. 우리가 흔히 스타벅스 하면 떠올리는 대표색 초록은 스타벅스 매장 내에서 5퍼센트를 차지할 뿐이다. 이 강렬한 초록이 주제색이 되어 스타벅스의 이미지를 결정하고, 보조색인 갈색이 25퍼센트, 편안한 아이보리가 70퍼센트를 감당하며 안정적이고도 특색 있는 브랜드 이미지를 결정한다는 것이다. 70퍼센트의 아이보리 없이 고객이 매장에서 편안히 시간을 보낼 수 없고, 25퍼센트의 보조색이 없으면 다른 많은 매장과 차별화되지 않으며, 5퍼센트의 특색이 없으면 브랜드의 캐릭터가 죽어 버린다.

나는 이 어울림의 법칙이 우리의 콘텐츠에도 적용된다고 생각한다. 좋아 보이려면 필연적으로 구성 요소 간에 조화가 필요하다고 말이다. 다만 나는 각각의 요소에 다른 이름을 붙이고자 한다. 전복성, 충분성, 미래지향성. 비율도 살짝 다르다. 중쇄를 찍는 책은 20퍼센트의 전복성, 70퍼센트의 충분성, 10퍼센트의 미래지향성을 내포하고 있어야 한다. 먼저 내가 해 온 출판 경험을 바탕으로 전복성, 충분성, 미래지향성의 정의부터 내려 보겠다.

전복성

"그 책은 어떤 책이야?"

이 물음에 답할 때 우리는 대체로 그 책이 지닌 독자적인 메시지를 말할 가능성이 높다. 그리고 이 독자적인 메시지가 충격적이면서 쉽게 얻지 못하는 내용일수록 흥행의 원동력이 된다. 이는 분야에 따라 업계 내의 새로운 정보일 수도 있고(메타버스란 무엇인가), 완벽한 검증일 수도 있고(수학계 7대 난제 '푸앵카레의 추측' 마침내 풀리다!), 소름 끼치는 반전일 수도 있다(브루스 윌리스가 귀신이다!).

내가 이제껏 출판업계에서 일하면서 접했던 가장 파격적인 메시지는 바로 『하루 3시간 엄마 냄새』였다. 이게 그렇게까지 새로운 메시지인가, 많은 분이 고개를 갸우뚱할지도 모르겠다. 2013년 저 책이 나왔을 때 나는 두 살배기 아이의 엄마로서 육아에 엄청난 죄책감을 느끼고 있었다. 이제 겨우 잡히는 대로 짚고 일어서서 걷기 시작하는 아이를 어린이집에 보내기 위해 새벽같이 일어나 이유식을 만들었고, 직장에서는 수시로 모유를 유축해 두었다가 아침마다 어린이집에 챙겨 보냈다. 누가 "힘들지?" 묻기만 해도 봇물 터지듯 눈물이 터졌고, 내가 여기서 뭘 더 어떻게 해야 하나 싶은 엄청난 피로감을 느꼈다.

동시에 아무리 공을 들이고 시간을 들여도 결국 아이에게는 너무 부족한 엄마라는 죄책감에 시달렸다. 지금에 와서는 '왜 하필 엄마 냄새야, 아빠 냄새는 안 되는 거야?'에서부터 크든 작든 비판적 견지로 보게 되는 메시지이지만, 그때는 저 제목이 마치 나에게 내리쬐는 구원의 빛처럼 느껴졌다. 세 시간이라면 퇴근하고 나서 아이를 재우기 전까지 충분히 만들어 낼 수 있는 시간 아닌가. '세 시간이라면 나도 해 볼 법하지! 정녕 세 시간이면 충분하단 말이야?'

저 메시지를 만나기 전까지 나에게 육아란 '종일 쉴 틈 없이 모든 면에서 완벽하게 아이를 돌보는 것'을 의미했다. 그야말로 내 모든 시간을 아이에게 쏟아 붓는 것이었다. 그러니 '세 시간이면 충분해! 워킹맘인 너도 충분한 사랑을 줄 수 있어!'라고 응원하는 듯한 저 메시지가 내게 주는 안도감은 어마어마했다. 당시 YES24 종합 순위 100위 안에 14주 동안 있었으니 이 메시지에 설득당한 독자가 나만은 아니었던 것이다. 세 시간, 엄마, 냄새. 이 평범하고 단조로운 키워드 세 개가 만나 기존의 '육아란 괴로운 것'이라는 정서에 전복을 일으켰다.

1년이면 100권의 책을 읽는 내가 8년이 지난 지금도 '전복성'이라는 말을 생각할 때 『하루 3시간 엄마 냄새』를 가장 먼저 떠올리는 것은, 저 메시지가 당시 핵심 독자였던 나에게 안겨 준 완벽한 해방감 때문이었다. 전복성이란 이와 같다. 굳이 다윈의 진화론이나 갈릴레이의 지동설이 아니더라도, 타깃으로 삼은 독자의 세계관을 정확하게 흔들 수 있는 메시지라면 그것으로 충분하다. 저 온화한 키워드의 조합만으로도 "너 그 얘기 들었어?" 누구에게든 떠들어 대고픈 깊은 충격을 만들 수 있다. 한때 『행복한 이기주의자: 나의 가치는 내가 결정한다』나 『센서티브: 남들보다 민감한 사람을 위한 섬세한 심리학』 같은 책이 큰 사랑을 받았던 것도 같은 맥락이라고 본다. 『행복한 이기주의자』는 '이기주의란 나쁜 것'이라는 기존 통념을 깨고 '나의 가치를 결정하는 주체적인 행위'라는 의미를 부여함으로써 언제나 남의 눈치를 보며 자기 의사를 당당히 드러내지 못했던 독자들이 용기를 내게끔 독려했다. 『센서티브』 역시 같은 맥락이다. 집단의 규율을 강조하고 조직의 이익에 부합하려는 노력을 '사회생활의 미덕'이라고 보는 한국 사회에서 예민함이란 조직의 불합리나 부조리를 눈감지 못하는 사람들을 비난하는 도구로 쓰인 대표 개념이었다. 이 책은 흔히들 '융통성 없다'는 표현으로 비하하기 일쑤였던 '예민함'을, 조직을 더 나은 방향으로 이끄는 사람들의 특성을 의미하는 '섬세함'으로 전환시켰다. 모두 독자의 현실을 면밀히 관찰하고 그가 현실에서 구현 가능한 방법으로 메시지를 새롭게 구성했기 때문에 만들어진 베스트셀러다. 이러한 메시지가 독자의 시선을 잡아끌었다면, 일단 매대에 놓인 책을 집어 드는 데는 확실하게 성공했다고 봐야 한다.

그렇다면 왜 20퍼센트인가? 왜 전체 함량의 20퍼센트만큼만 새로워야 하는가? 전복성이 지나치면 타깃 독자와의 접점에서 이탈하기 때문이다. 만일 '엄마 냄새 3시간'이라는 조건부 콘셉트가 아닌 '아이 키우지 맙시다!'와 같이 육아를 전면적으로 배제하는 메시지를 주장한다고 생각해 보자. 일단 육아에서 자기계발 또는 사회 일반으로 분야가 바뀌어야 하고 분야가 바뀜에 따라 핵심 타깃의 규모와 연령, 세일즈 포인트가 바뀌게 된다. 육아라는 분야에서 이탈하는 순간, 구매의 필연성이 달라진다. '꼭 사야 하는 책'에서 '한번 읽어 보면 좋은 책'으로 포지셔닝이 바뀌는 순간, 책의 중쇄 여부도 달라진다. 그러니 '설득할 수 있을 만큼만 전복적일 것'이 바로 이 전복성의 핵심이다.

20퍼센트의 전복성을 충족했다면, 그다음은 이 전복적인 메시지를 얼마만큼 관철시키느냐 하는 '충분성'에 달려 있다.

충분성

전복은 언제나 그 파격을 신뢰할 만한 것으로 자연스레 이끄는 근거들로 연결되어야 한다. 이를 중쇄의 두 번째 조건, '충분성'이라 명명하겠다. 전복은 그야말로 충격을 의미한다. 한국인이 가장 사랑하는 맛인 '매운맛'이 미각이 아닌 통각인 것과 같은 이치다. 전복은 기존 질서를 완벽하게 뒤집어엎은 것에 대한 충격을 의미하기 때문에 이 놀라움만으로 책이 끝난다면 온전한 콘텐츠로서의 역할을 하지 못한다. 이 충격적인 메시지를 보고 책을 집어 들게끔 독자를 꾀어 냈다면, 이제 충분한 근거와 공감으로 설득하는 일이 남았다. 나는 이 비율을 2:7로 보았다.

전복성이 너무 과하면 그 정보는 혼란을 야기할 뿐 현실을 개선하는 동력을 제공할 수가 없다. 내가 주장하는 이 파격이 왜 우리의 새로운 기준이 되어야 하는지, 탄탄한 근거를 통해 안정적으로 전달해야 한다. 그러자면 해당 키워드에 대한 수많은 학습과 비평의 결과가 반영되어야 한다. 우리의 전복에는 7할의 근거가 있어야 한다. 나는 우리가 만드는 콘텐츠의 7할을 책임질 이 '충분히 납득 가능한 정보들'이 파격의 결과이자 근거가 되어야 한다고 믿는다. 요즘처럼 책이 파편화된 시대일수록 더더욱 7할의 충분한 근거가 있는지, 7할의 충분한 공감이 있는지를 꼼꼼하게 점검할 필요가 있다. IT/테크 업계에서 그토록 중요하게 표방하는 가치인 '사용자 경험'도 말하자면 책의 '충분성'에 해당한다. 독자가 해당 콘셉트의 어떤 지점에서 불편함을 느낄지, 어떤 정보를 어렵다고 생각할지, 독자가 일상에서 실천하기 어려운 메시지라면 어떤 사례나 예시를 통해 이를 실천할 수 있도록 도울지 등을 꼼꼼하게 추적하여 채워 넣는 것이다. 내가 저자도 아닌데 그런 검증을 어떻게 하느냐고? 방법은 두 가지다. 질문하거나 공부하자. 이 두 가지를 실천할 수 없는 환경이라면, 그 책은 우리의 손에서 태어나선 안 된다. 2할의 전복성을 가능하게 만드는 것은 7할의 충분성이라는 사실을 늘 염두에 두어야 한다.

미래지향성

마지막 1할을 '미래지향성'이라고 표현해 보자. 지난 2021년의 마지막 날, 『한겨레신문』에 30년 경력 편집자인 최연희 따비 기획편집위원의 인터뷰가 실렸다. 제4회 롯데출판문화대상 출판외길 부문 공로상 수상 인터뷰에서 그는 이런 말을 한다. "나니까 이 일을 해 냈어, 편집자한테는 이런 선민의식도 좀 필요하다고 봅니다. 내 세계관, 가치관에 입각해서 '이 책을 한국 사회에 소개해 보고 싶어, 나라도 소개해야 돼' 하는 소명의식, 목적의식이 있어야 합니다."

그는 이런 선민의식을 근거로 장 지글러의 『왜 세계의 절반은 굶주리는가』, 도널드 서순의 『불안한 승리: 자본주의의 세계사 1860~1914』, 강상중의 『기시 노부스케와 박정희』, 아자 가트의 『문명과 전쟁』을 한국 사회에 소개했다. 이 가운데 『왜 세계의 절반은 굶주리는가』와 『문명과 전쟁』은 내 돈 내고 사서 눈물 좔좔 흘리며 읽었던 책으로, 한 권의 책이 우리 세계가 안고 있는 문제를 얼마나 명징하게 그려 낼 수 있으며 동시에 얼마나 적극적으로 개선할 수 있는지를 잘 보여 준다. 이런 책들을 읽다 보면, 내가 이런 책을 읽을 수 있는 사회에 속해 있다는 사실마저 새삼 고맙고 감격스러울 때가 있다. 출판인이라는 존재가 하는 기여란 바로 이런 것이라고 생각한다.

우리가 무언가에 소명의식을 가지고 '나라도 이 책을 내야겠다'고 결심하려면, 그렇다면 그 결심은 어떠한 가치를 지향해야 할까? 나는 이 소명의식의 방향성을 조금 더 뾰족하게 잡아 '미래지향성'이라 부르기로 했다. 내일의 나는 오늘보다 더 나아져 있으리라는 기대와 희망을 품게 하는 메시지. 내일의 우리 공동체를 더 아름답게 만들기 위해 우리가 오늘 결심해야 할 일들에 대한 자연스러운 동의. 이 진일보를 구축할 단단한 출판 스크럼을 '미래지향성'이라 부른다면 우리가 내는 책은 자연스럽게 우리의 브랜드를 가치 있고 의미 있는 생명체로 격상시킨다.

일본 선마크 출판사 대표 우에키 노부타카는 저서 『밀리언의 법칙』에서 이렇게 말한다. "책이라는 것은 어떤 의미에서 편집자의 상념이 물질화되는 현상이라고 할 수 있습니다. '이런 책이 있으면 좋겠다, 저런 저자의 이 같은 테마의 책이 있다면 좋겠다'라고 편집자가 마음속에 상을 그리면 반년 후든 1년 후든 눈앞에 책이 척하고 만들어져 있습니다. 그야말로 상념이 물질이 되어 나타나는 것입니다. 이때 상념을 현실화시킬 수 있는 가능성을 최대한으로 높이기 위해서는 반드시 강한 생각을 가져야만 합니다."● 아무도 관심을 두지 않지만 나라도 이 책을 사람들에게 읽게 해야 해, 이 강한 상념을 가지고 책을 만들어 나가는 것. 나는 이 강력한 의지가 우리가 출판을 이어 나가는 동력이 되어야 한다고 생각한다. 이 사명감, 이 외곬의 고지식함, 남들은 굶어 죽는 소리 한다고 욕하는 이 지향성이 우리의 유일한 캐릭터여야 한다. 이 미래지향성을 동력으로 출간에 성공한 책이 얼마나 많은 독자를 설득하는지가 우리가 어떤 출판

● 『밀리언의 법칙』, 우에키 노부타카 지음, 송소정 옮김, 더난, 2021.

인인지를 증명할 것이다. 아이러니하게도 이 외로움의 1할이 우리의 책을 2쇄, 3쇄 찍어 내도록 독자가 책값을 지불하는 근거가 될 것이다.

자, 어떻게 설득이 되셨을지 모르겠다. 다시 한번 강력하게 주장하겠다. 중쇄의 황금비는 2할의 전복성과 7할의 충분성, 1할의 미래지향성이다. 이 2:7:1의 비율로 파격적이고 충분히 공감할 수 있으며 이런 책을 뚝심 있게 내고 있구나 싶은 공공성이 존재한다면 그 책은 중쇄를 찍을 수 있다. 그렇다면 각각의 카테고리에는 어떤 필요충분요소가 있을까, 하나하나 살펴보도록 하자.

2할의 전복성이 2,000부를 팔리게 한다

**해야 하는 것이 아니라 하고 싶은 것을 할 때
전복성이 구현된다**

못 파는 것일까, 안 팔리는 것일까

100인 이상 규모의 대형 출판사에서 근무해 봤다면, 아니 굳이 100인 이상이 아니더라도 출판업계에서 5년 이상 일했다면 아마도 기획회의나 출간점검회의 등에서 다음과 같은 질문을 들어 봤을 것이다. "이게 3만 부가 팔릴 책인가요?"

5,000부만 나가 줘도 자기 역할은 다했다는 얘기를 듣는 요즘 시장 분위기를 생각하면 아마 지금쯤은 '1만 부'가 도서 계약의 표준이 되었을 듯하다. 한때 자신감의 화신처럼 책을 만들던 나도 유독 이 질문에만큼은 대

답하기 버거웠다. 부당하게도 느껴졌다. 이런 질문은 때때로 한 조직에서 책을 만드는 이들과 책을 파는 이들의 갈등을 야기하기도 했다. 도서평가회의를 하면 언제나 편집부와 마케팅부의 대립이 이어졌다. "좀 팔아 주셔야 3만 부가 나갈 것 아닙니까"라는 소심한 항변에 "팔리게 만들어야 내놓을 것 아닙니까"라는 반박이 돌아오는, 절대로 뚫리지 않는 방패와 뭐든 뚫는 창의 대결처럼 지겨운 레퍼토리였다. 회의 때마다 한쪽에선 잘 만들었는데 노출을 못 해서 책이 죽었다고 공격하고, 다른 쪽에선 만듦새가 별로라서 노출해도 반응이 없다는 말로 대응했다. 내가 황희 정승은 아니지만 네 말도 맞고 네 말도 맞는 상황이었다. 굳이 책임 소재를 따지자면 더 이상은 3만 부를 팔 수 없는 환경에서 3만 부가 팔리겠냐고, 혹은 3만 부가 왜 안 팔렸냐고 질문하는 누군가의 잘못이었다.

지금 생각해 보면 '왜 이렇게 책을 만들고 파는 일이 힘들고 어려울까' 고민하던 그 시기에 나는 가장 안전한 곳에 숨어 있었다. 할당된 출간 종수는 맞춰야 하니 꾸역꾸역 책을 만들었지만 책에 대한 어떤 책임도 지지 않았다. 유사한 책이 너무 많이 출간되고 있는 것이 우리 출판업계의 한 가지 큰 문제라 치면, 당시에 나는 아무런 손상 없이 시장에 가장 적극적인 해악을 끼치고 있었다. 베스트셀러의 아성을 쫓기 급급해 '실패한 아류'들을 너무나 많이 급조했다. 오로지 매출 목표를 맞추기 위한 책을 만들면서 정작 매출도 만들지 못했던 것이다. 그렇게 비하할 일만은 아니지만 당시 내가 느끼는 공허함의 수준이 그랬다. 만들기만 하면 빵빵 팔릴 때도 공허했고, 팀에서 가장 매출 공헌도가 적은 해에도 공허했다. 다만 잘 팔릴 땐 오만 데를 나대면서 돌아다니고, 안 팔릴 땐 세상 짐 혼자 짊어진 양 어둡게 다녔다는 차이가 있을 뿐이었다. 잘 팔릴 땐 의미 있는 책을 만들고 싶었고, 의미 있는 책이 안 팔릴 땐 잘 팔리는 책이 한번 터져 주기만을 바랐다. 이 모든 공허와 불만 끝에는 결국 회사 안에 소속되어 회사 이름값에 의지해 회사 매출 올리려고 책을 만들고 있다는 근본 원인이 존재했다. 어느 순간에는 책이 안되면 다 남 탓인 것만 같았다.

'아, 너무 아무런 리스크가 없다. 나는 어떤 것도 책임지고 있지 않잖아.'

그래서 뛰쳐나와 처음부터 끝까지 죄다 내 선택과 판단으로만 이루어진 책을 만들어 보고 싶었는지도 모른다. 3만 부 같은 기준 따위도 없었다. 어차피 이 책 저 책 죄다 망하기는 매한가지다. 베스트셀러 따위 꿈꾸지 말자. 혼자 하면 재쇄만 찍어도 성공이니까. 심장이 쿵쾅쿵쾅거리는 책을 만들어 보자. 그렇게 뛰쳐나왔다.

해야 하는 것이 아니라 하고 싶은 것을 할 때
전복성이 구현된다

2021년 '배틀그라운드 신화를 만든 10년의 도전'이라는 부제를 달고 나온 책 『크래프톤 웨이』를 읽으면서 나는 흠칫 놀랐다. 산업의 규모나 일하는 방식, 업계 사람들의 성격까지 구조적인 특성은 판이하게 달랐지만, 게임 업계와 출판업계에 동일한 속성이 하나 있었다. 특정 임계점에 다다르면 이전과 같은 목표와 방식으로는 일할 수 없는 순간이 온다는 것이다. 일에 진심을 가지고 있다면(차라리 진심이 없는 사람들은 계속 다닐 수 있다. 첼리스트 파블로 카잘스처럼 아무리 나이를 먹어도 자신의 진화를 느끼며 매진해야 하는 사람이 있는 반면,● 누군가는 월급만 나오면 감흥이나 진화 따위 없어도 같은 일을 반복할 수 있다는 말이다.) 이들의 내면에는 반드시 한 가지 욕망이 떠오르는 순간이 생긴다. 바로 '심

● 한 기자가 여전히 하루 여섯 시간씩 첼로 연습을 하는 일흔다섯의 카잘스 선생에게 물었다. "선생님 같은 거장이 왜 아직도 하루에 여섯 시간이나 연습을 하세요?" 그러자 카잘스 선생은 이렇게 답했다. "여전히 내 실력이 늘고 있다는 것을 느끼기 때문입니다." 내가 정말 좋아하는 일화다.

장이 뛰게 일하고 싶다'는 욕망이다. 실패하더라도 딱 한 번 정말 만들고 싶은 게임을 제작하고 싶다는 김창한 대표의 바람은 '배틀 그라운드'로 탄생했다. 전대미문의 파괴력을 가진 게임이었다.

나도 그랬다. 3만 부가 아니더라도 만들고 싶은 책을 만들고 싶었다. '만들고 싶은 책을 만든다'는 결심을 해 놓고 보면 자연스럽게 따라오는 것이 전복성이다. '실패해도 좋으니 하고 싶은 걸 할래'라고 결심한 이상, 나의 시도는 시장이 요구하는 것과 정반대일 확률이 높다.

하버드경영대학원 역사상 첫 한국인 종신교수이자 학생들이 뽑은 '최고의 교수' 상에 빛나는 문영미 교수의 저서 『디퍼런트』에는 '적대 브랜드'라는 개념이 등장한다. "적대 브랜드란 소비자들에게 냉소적인 태도를 보이는 브랜드를 말한다. 그들은 고객을 위해 레드카펫을 깔기는커녕, 손님들을 문전박대한다. 그리고 마케팅 교과서를 펼쳐들고 거기에 적힌 내용들을 모조리 거꾸로 실천한다. 이러한 점에서 적대 브랜드의 마케팅을 '안티 마케팅'anti-marketing이라고 불러도 좋을 것이다."●●

적대 브랜드들은 소비자로부터 외면받을 수 있다는 위험을 겁내지 않으며 굳이 소비자의 비위를 맞추려고도 하지 않는다. 다만 이들은 창조적인 방식으로 시장에 영향을 끼친다. 전복성은 시장에 끌려 다니기를 거부한 상태에서 구현된다. 우리가 '시장'이라 일컫는 것은 대체로 이미 성공한 것들의 결과이지 앞으로 발생할 수 있는 가능성의 총합이 아니다. 시장이 이렇게 형성되어 있으니 우리는 이런 것을 만들어야 한다고 예측하는 일은, 그러니까 3만 부가 팔리리라고 확신하는 책을 만드는 일은 어찌 보면 애당초 불가능한 도전이다. 이는 시장을 외면하자는 말과는 다르다. 선호하는 다수의 집단이 없다고 해서 팔리지 않으리라는 법이 없다는 말이다.

그렇다면 멀리깊이는 어떤 책을 만들어야 할까. 내가 시장을 역행해 딱 한 권 정말 만들고 싶은 책을 만들게 된다면 그것은 어떤 책이 되어야 하는가. 나는 오래전부터 우리나라 학습만화 시장에 품었던 문제의식을 파고들어 보기로 했다. 학습만화는 긴 글을 읽기 어려워하는 어린이에게 역사나 과학 분야의 어려운 개념을 알게 쉽게 전달하기 위해 생겨난 분야다. 그러나 어느 시점부터 제대로 읽을 수 있는 아이들의 읽기 능력까지 저해하는 도구가 된 것이 아닌가 하는 생각을 떨칠 수가 없었다. 특히나 역사처럼 한 가지 사건을 이해하려면 다양한 배경지식과 판단 근거가 필요한 학습 분야에서는,

학습만화가 다룰 수 있는 텍스트로는 한계 지점이 너무나 명확했다. 그러나 한국사 과목이 교과 평가에서 차지하는 중요도가 낮고 특히나 '한국사능력검정시험'을 통과할 실력 정도만 되면 수능 한국사도 문제없다는 인식이 팽배해진 뒤로는 더더욱 한국사를 깊이 있게 공부하려는 수요가 줄어들었다. 방학 즈음이면 맘카페마다 아이가 중학교에 들어가기 전에 한국사 준비를 끝내 놓겠다는 일정과 플랜이 가득했다. 그래서 많은 아이들이, 아니 학생들이 학습만화를 읽고 한국사능력검정시험을 치르는 것에서 한국사 공부를 끝내 버리는 현상이 뚜렷이 나타나기 시작했다.

그러나 역사가 그런 과목일 수 있을까? 한 나라의 역사는 수많은 정치·사회·문화·지리적 선택과 결정의 산물이며 철학과 인문학의 근거이자 궤적 그 자체다. 따라서 역사를 안다는 것은 과거 선택의 원인과 근거를 안다는 것이며 내일의 선택과 판단의 길잡이가 될 수 있다는 말이다. 무엇보다 우리가 사고하고 선택할 때 역사 공부는 무엇보다 귀중한 훈련인데 이 중요한 학습이 학습만화의 단계에서 종료되고 있었다. 그래서 나는 정보를 꽉꽉 채워 넣은 한국사 시리즈를 만들어 보자고 다짐했다. 그래, 쉽지 않게 만들자. 오히려 쉬워서는 안 된다.

그렇게 한 페이지에 22줄짜리, 지도와 각종 어휘 박스를 사방에 배치한 한국사 책을 만들었다. 굳이 쉽게 이야기를 이끌어 나가려고 하지도 않았다. 모든 챕터는 한 개의 거대한 질문으로 시작하도록 구성했고 책의 부제도 '질문의 크기가 꿈의 크기를 결정합니다'라고 붙였다. 대개 고인돌 지도와 동검 사진 몇 개를 확인하는 것으로 끝나고 마는 청동기 시대의 생활상을 소개하면서는 "인간은 왜 서로 싸우며 전쟁을 벌일까요?"라는 질문을 던지고, 청동기 무기가 생겨나게 된 배경에는 계급을 만들고 정복 행위를 통해 영토를 확장하고자 하는 인간의 욕망이 있음을 구술했다. 자연스럽게 해당 주제는 철학의 명제들과도 이어졌다. 저자도 초등학습이 아닌 성인 강연 시장에서 가장 바쁘게 활동하고 있는(심지어 기업 경영인을 대상으로도 인사이트 강의를 진행하는) 대한민국에서 가장 바쁜 강연자이자 역사학자 심용환 선생을 섭외했다. 저자는 단편적인 지식을 전달하는 대신 나라가 강해지는 것이 나와 무슨 관계가 있는지(철기 시대와 중국 문명), 과거의 악법을 어떻게 바라봐야 하는지(연맹왕국 시대와 다양한 법과 질서), 싸우지 않고 전쟁에서 이기는 방법은 무엇인지(왕건의 리더십) 같은 질문을 던졌다. 원고를 읽다 보면 웬만한 인문교양서를 읽을 때와 같은 감동이 느껴질 때가 많았다. 아이들 눈높이에 맞는 사례를 들어 설명하는 동시에 해야 할 말이 생략되지 않도록 신경 썼다. 심용환 역사학자가 내 기획에 동의한 이유는 한 가지, 역사에는 한국사능력검정시험에서 배울 수 없는 수많은 이야기와 교훈이 숨어 있다는 확신 때문이었다. 그러니 아이들 역사교육이 학습만화에서 종료되어서는 절대 안 될 일이었다.

파격의 결과는 때로 천천히 드러난다

그렇게 『꿈꾸는 한국사』가 출간되었고, 예상대로 어렵다는 반응이 쏟아졌다. 하다못해 서체가 왜 이렇게 작냐고 지적하는 사람도 있었고, 애 주려다가 부모가 읽고 있다는 서평도 적지 않았다. 우리 책보다 몇 달 늦게 출간된 타 출판사의 초등 한국사 책이 종합 순위에 빠르게 진입하는 것을 보고 해당 도서를 사서 읽었는데, 확실히 글밥이 적고 이야기 전개가 단순했다. 아, 역시나 초등 시장에서는 쉬운 텍스트여야 베스트가 되는 것인가. 괜한 고집을 부려 엉뚱한 시도를 해서 바쁜 저자의 귀한 시간만 낭비하게 만든 것은 아닐까. 제대로 된 책이 있으면 반드시 그 책을 사는 독자가 있으리라는 나의 자신은 아집에 불과했던 걸까. 초등학교 5학년 딸에게 책을 읽히고 이게 얼마나 어렵냐고 물어보기도 했다. 엄마 눈치를 봐서인지 "작가님이 글을 참 조리 있게 잘 쓰시네"라는 피드백을 받았을 뿐 물어봐야 구체적인 해결책이 나올 것 같지도 않았다.

그렇게 큰 수확이 없는 채로 2권이 출간되고 3권 출간을 앞두게 되었다. 본문 요소를 구성하는 데 들어가는 물리적 시간은 물론, 일러스트를 비롯한 편집에 들어가는 작업비도 만만치 않았다. 더구나 나라는 편집자가 회사의 유일한 직원인 상태에서, 내가 도서 한 권을 만드는 데 들이는 시간은 다른 도서가 출간되지 못하는 기회비용으로 고스란히 작용했다. 이렇게 책 만들다가 금방 망한다는 따끔한 충고도 들은 참이었다. 그렇게 첫 권을 출간하고도 반년이 흘러가고 있었고, 가을도 끝나 겨울이 다가오려는 계절이었다. 혼자 사무실을 지키고서 오기와 슬픔의 어디쯤을 오락가락하며 교정을 보고 있던 어느 날, 사무실로 전화 한 통이 걸려 왔다. 상대는 대뜸 "『꿈꾸는 한국사』 출판사 맞죠?" 하고 물었다.

"네, 멀리깊이입니다. 무슨 일이시죠?"

"『꿈꾸는 한국사』 각 권 재고가 얼마나 있나 알 수 있을까요?"

"『꿈꾸는 한국사』재고요? 무슨 일 때문에 그러시죠?"

"아, 여기 대치동에 있는 논술학원인데요. 저희 다음 학기 교재로 논의 중이어서 재고 파악 중이에요."

"네? 대치동이요?"

당연히 없어도 찍어 드려야 할 판이었다. 권수를 가늠해 보니 출간될 3권까지 합치면 멀리깊이 한 달 매출은 거뜬히 채우고도 남을 수량이었다.

아, 그래, 있었다! 이 고밀도 함량의 책을 필요로 하는 시장이 없을 리가 없었어! 다른 어떤 수치보다, 내가 생각한 시장이 분명히 존재했다는 사실이 엄청난 해방감이 되어 밀어닥쳤다. 깊이 있는 질문과 연계된 한국사 공부라니, 영락없는 논술형 콘텍스트 아닌가. 그랬구나, 논술시장에서 찾는 책이었네. 전화를 끊고 보니 한 줄기 굵은 눈물이 뺨을 타고 흘러내리고 있었다.

신학기를 맞아 책은 재쇄에 재쇄를 거듭했고, '한 학기 한 권 읽기' 추천도서에도 선정되는 등 애초에 생각지 못했던 루트로 팔려 나갔다.

우리 책에 존재하는 한계 지점을 부정할 마음은 없다. 아마 기획자이자 편집자인 내가 좀 더 시장 친화적인 고민을 했더라면 더 많은 독자를 만나는 책을 만들 수 있었을지 모른다. 그러나 그럼에도 불구하고, 나는 '함량이 있는 책'을 '최대한 많이 생각할 수 있는' 방식으로 만들었다는 데에 자부심을 느낀다. 아마 『꿈꾸는 한국사』를 제대로 읽은 학생들 중에는 오직 이 책에서만 맛볼 수 있는 지적 해방감을 느낀 친구들도 있으리라 확신한다. 시장의 선택이 함량을 포기하는 방향으로 나아간다고 해서 모두가 학습만화를 만들고 한 페이지에 열 줄 남짓한 책을 초등 고학년용으로 만들기 시작한다면? 글쎄, 그 시장이 성장할 수 있을까? 아마 5년 뒤, 10년 뒤에는 여덟 줄짜리, 다섯 줄짜리 책을 만들어야 하지 않을까. 그때가 되면, 지식을 도서로 소비하려는 시장이 존재하기는 할까?

각자의 영역에서 물길을 한 번씩만 틀어 보자고 제안하고 싶다. 초등학생이라서, 청소년이라서, 대학생이라서, 직장인이라서, 40대라서, 50대라서, 60대라서 우리가 원하는 책을 읽을 사람이 없으리라는 디스토피아적 예단을 잠시 멈추고, 만들고 싶은 책을 가만히 떠올려 보자. 그 책 한 권이, 만드는 동안 몰입할 수 있고, 설렐 수 있고, 나온다면 바로 그 독자에게 반드시 감동과 성장을 안기리라는 확신을 품은 그 한 권이 우리의 반항적 성찰이 틀리지 않았음을 증명해 줄 것이다.

파격이 과하면 공감을 잃는다

『꿈꾸는 한국사』의 사례를 읽으며 그건 전복이라기보다는 정보의 충분성에 해당하는 것이 아닌지 의아해하는 독자들도 계시리라 생각한다. 전복성의 예로 『꿈꾸는 한국사』를 소개하면서 나 역시 고민이 많았다. 전복성과 관련해서 들 수 있는 사례가 없는 것도 아니었다. 멀리깊이의 첫 책은 책장을 넘길 때마다 점점 더 긴 문장이 완성되어 어순을 완벽하게 학습할 수 있는 영어와 중국어 어학서였고, 건물주로 살기 싫어 결국 건물을 팔아 치운 천상계 경력 엔지니어의 에세이 『건물주의 기쁨과 슬픔』도 막 출간한 상태였다. 그러나 나는 우리의 전복이 반드시 '기상천외'하거나 '듣도 보도 못한 것'일 필요가 없다는 이야기를 하고 싶었다. 더욱이 오랜 기간을 두고 팔려야 하는 도서라는 정보 전달 매개의 속성상 오히려 공감을 얻기 힘든 파격과 전복은 금세 유행에 뒤처지기 쉽다. 전복성은 2할이면 충분하다. 그 이상의 전복은 엄청난 비용을 쏟아 붓거나 아주 새로운 세계가 도래하지 않는 이상 독자가 수용하기 어려울 가능성이 높다.

지난 회사에서 만들었던 많은 베스트셀러 가운데,

가장 예상치 못한 곳에서 자주 독자를 확인했던 도서는 매일 3개 국어 한 문장씩 학습할 수 있도록 만든 탁상도서였다. 달력과 동일한 스프링 제본으로 한 장씩 넘기게 만들었고, 영어·일본어·중국어 필수회화 표현 365가지와 함께 발음을 바로 재생해 주는 QR코드를 넣었다. 기획 의도는 간단했다. 한국인처럼 학구열 높은 사람들은 세계 어디에서도 찾아보기 힘들다. 한국인 대다수가 다개 국어를 하고픈 욕망을 품고 있지만 또 한국인처럼 바쁜 사람들도 없다. 굳이 노력하고 시간을 들여 일본어나 중국어를 배우려는 사람은 많지 않겠지만, 아침에 출근해서 딱 자리에 앉았을 때 외국어 한 마디씩 적혀 있으면 하루 종일 눈에 띌 때마다 암기하려는 마음을 먹지 않을까? 그래서 정말 모니터 옆에 놓기 딱 좋은 크기로 달력처럼 세워 둘 수 있게 만들었다. 또 외국어 공부는 새 마음 새 각오를 다지는 연초에 시작하곤 하니 연말에 내서 서점에 깔리게끔 출간 시기를 정했다. 출간 직후 잠깐이긴 해도 종합 1위를 찍은 이 책의 유일한 차별 지점은 일반 종이책을 탁상달력의 형태로 바꾼 것이고, 거기에 3개 국어를 수록했다는 것이 일반성을 좀 넘어섰다고 볼 수 있다. 독자는 이를 얼마나 전복적이라고 느꼈을까? 지나치게 새로워서 낯설었을까? 그보다는 모니터 옆에 달력처럼 세워 둘 수 있어 편리하다고 느꼈을 것이다. 독자에게 수용되는 전복성이란 딱 이 지점까지다. 2할. 그것이 메시지든 형태든, 지나치지 않은 정도에서 새롭지만 편안하다고 느낄 수 있어야 한다.

그해 여름에 아이폰 수리센터를 방문했는데 프런트 담당 직원 책상에 이 책이 놓여 있었다. 반가운 마음에 그 책은 어디서 왜 사셨냐 물으니 서점에서 봤는데 책상 옆에 두면 좋을 것 같아서 샀다는 대답이 돌아왔다. 얼마 전에는 만둣집에 갔더니 주방 한편에 이 책이 놓여 있었다. 사장님께 여쭤봤더니 중국 출신이시라고. 그렇다면 내가 예상하지 못한 독자였다. 생각해 보니 한국에 있는 외국인이 역으로 우리말을 배우기에도 유용한 책이었다.

{ 5 }
작은 시장을 공략할 때 전복성이 구현된다

2,000부는 반드시 팔리는 키워드

동일한 텍스트를 낯설게 바라보니

2020년 출간해 1년 만에 5쇄를 찍은 『판교의 젊은 기획자들: 존재하지 않던 시장을 만든 사람들』의 기획 당시 제목은 '새로운 시장을 만드는 방법'이었다. 그렇다, 수많은 경제경영서가 하나같이 표방하는 바로 그 주제다. 지금 생각하면 어떻게 이토록 평범한 주제로 그토록 자신만만하게 원고 작업을 시작했을까 싶지만, 이윤주 저자의 커리어를 속속들이 아는 나로서는 저자의 경험을 구현한 책이 팔리지 않을 거란 생각은 들지도 않았다. 모바일 유틸리티 ─ 스마트러닝 ─ 핀테크 ─ 블록체인 ─

바이오AI까지, 저자가 각각의 분야에 뛰어들던 모든 시점에 나는 그런 업계들이 존재하는지조차 알지 못했다. 그곳에서 서른이 갓 넘은 나이에 조직의 장 위치에 오른 사람의 경험을, 해당 업계 근무자나 입문하려는 이들이 궁금해하지 않을 리가 없었다.

다만 문제는 내가 품은 이 확신을 책을 접하는 이들도 똑같이 품게 만들어야 한다는 것이었다. 그러려면 '새로운 시장을 만드는 방법'이라는 평이한 콘셉트로는 한계가 있었다. 책을 집어 들게 하기에는 평이해도 너무 평이했다. 평소 제목을 지을 때 나는 ① 책의 핵심어와 ② 해당 핵심어의 지향점을 ③ 최대한 낯설게 조합하는 것을 원칙으로 삼는다. '진화생물학이 설명하는 아름다움의 조건'이 주제라면 『우리는 꼬리 치기 위해 탄생했다: 아름다움이 욕망하는 것들』과 같이 제목을 짓는 식이다. 불행히도 이 원고는 PC교를 마치는 시점까지 뚜렷한 제목이 떠오르지 않았다. 그저 경제경영서에 등장하는 뻔한 단어인 '시장' '성과' '혁신' '새로운' 따위가 머릿속을 뱅뱅 돌 뿐이었다. 그러던 차에 저자도 나도 원고의 일정 부분에 확신을 갖지 못하고 있다는 데 동의하고 업계 전문가 몇 분께 피드백을 받아 보자고 의견을 모았다. 그 피드백을 모두 조합한 결과, 제목에서부터 완전히 새로운 키워드가 들어가지 않으면 책이 살아남기 어렵겠다는 판단이 들었다.

침대의 '박지혜 존'(가부좌를 틀고 몇 시간씩 노트북 작업을 하고 나면 내가 앉았던 자리가 웅덩이처럼 패여 있어 남편과 아이들이 붙인 이름이다)에서 이불을 두르고 어떤 키워드를 전면에 내세워야 좋을까 무섭게 원고를 노려보던 그 늦겨울이 아직도 내 몸 어딘가에 달라붙어 있는 기분이다. 정말 너무 괴로웠다. 노트북 화면으로 원고를 읽고 읽고 또 읽다 보니 한 가지 공통점이 눈에 들어왔다. 언제나 판교(와 그 일대 강남)에서 일했구나. 저자가 새롭게 뛰어든 각 업계의 공통점을 찾으려 안간힘을 쓸 때는 떠오르지 않던 강력한 소구가, 해당 업계의 터전으로 시선을 돌리자마자 강하게 살아나기 시작했다.

책 출간 시점에 '판교'라는 키워드는 부동산 투자서 몇 권을 제외하고는 전무했다. 실제로 『판교의 젊은 기획자들』이라는 제목을 확정하고 주변에 느낌을 물으면 대답은 두 가지였다. "오, 판교에서 일하는 사람들은 무조건 사겠네!"라는 긍정적인 반응과 "타깃이 너무 한정적이지 않나?"라는 냉정한 반응. 나도 인정하는 바였다. 타깃이 너무 좁았다. 하지만 확실했다. 이 책은 마케팅비를 쓰지 않고 6쇄를 찍었다. 마케팅비를 쓸 새가 없었다는 말이 정확하겠다. 출간하자마자 'YES24 오늘의 책'을 비롯한 주요 서점 메인에 노출되었고, 마케터●가 제안을 넣는 족족 각종 채널에서 섭외 의뢰가 빗발쳤다. 가능한 자리에는 나갔지만 저자가 너무 바쁘다 보니 강연도 몇 차례 진행하지 못했다. 저자에게 유튜브 채널이나 번듯한 인스타그램 계정이 있는 것도 아니었다. 책이, 알아서 팔려 줬다.

작은 시장에 만족하는 데서
오히려 전복성은 큰 힘을 발휘한다

'실리콘 밸리의 유니폼' 또는 '오바마가 신는 신발'이라 불리는 브랜드 '울 러너'는 뉴질랜드산 초극세 메리노 울이나 유칼립투스 나무 같은 친환경 재료로만 만드는 운동화다. 특히 외부 갑피를 양털로 만들어 비 오는 날 신으면 수줍게 삐져나온 발가락과 인사하는 신발로도 유명하다고. 『이것은 작은 브랜드를 위한 책』은 울 러너의 성공 요인을 "세상이 필요로 하는 일을 했는데, 마침 세상이 그것을 원했던 것"이라고 진단한다. 또한 "가능

● '1인출판사에 웬 마케터?' 싶으실지 모르겠다. 멀리깊이는 휴먼큐브라는 출판사의 투자를 받은 법인회사로, 휴먼큐브에 시스템비를 내고 마케팅·제작·경영 서비스를 제공받는다. 서로에게 최선을 다한다는 점에서 참 고마운 관계다.

한 한 큰 규모의 시장을 목표로 브랜드를 포지셔닝하고 마케팅을 하는 기존의 접근법과는 전혀 다르다"고 설명한다.●● 울 러너의 창업자는 인터뷰에서 다음과 같은 말을 하기도 했다. "우주에 흔적을 남기는 사업을 하고 싶다."

시장은 살벌한 곳이 맞다. 그리고 옹졸하거나 멍청하지도 않다. 우리의 독자들은 우리가 하는 새로운 시도에 매우 관대할 수 있다. 그러니 시장을 지나치게 편협하게 바라볼 필요는 없다. 우리가 하고 싶은 것, 알맞다고 생각하는 키워드를 과감하게 밀어 보자. 결과론적으로 실패하거나 성공하거나 둘 중 하나겠지만, 실패하더라도 새로운 걸 해 보고 실패했을 때 쌓이는 경험치가 훨씬 크다. 아니, 애당초 실패할 생각 자체를 하지 말아 보자.

그러려면 뭐가 필요할까?

책의 주제가 주는 충격을 전복이라 부르기 쉽지만, 낯설고 새로운 이야기를 어떤 과정을 거쳐 어떤 형태로 전달하느냐 하는 형식상의 파격성도 책 판매에 매우 중요한 영향을 미친다. 이 과정과 형식의 전복성을 잘 보여 주는 대표적인 사례가 있다. 2020년 10월, 대한민국 출판계에 혜성처럼 등장한 책 『애린 왕자』다.

●● 『이것은 작은 브랜드를 위한 책』, 이근상 지음. 몽스북. 2021.

『애린 왕자』는 생텍쥐페리의 소설 『어린 왕자』를 전 세계 언어로 번역하는 독일 틴텐파스 출판사 기획의 일환으로, 2020년 6월 독일에서 선출간된 후 10월 한국에서 출간되었다. 출판사 이팝의 대표이자 『애린 왕자』의 번역가이기도 한 최현애 작가가 싱가포르 작가 축제에서 틴텐파스 발행인을 만난 것이 출간 계기라고 한다.● 한국에서의 초판 부수는 고작 300부. 그도 그럴 것이, 심지어 모스부호 버전도 있는 틴텐파스의 『어린 왕자』 번역 프로젝트는 아카이빙을 위한 기획이었다. '팔리는 책의 기획'과는 애초부터 방향성이 달라 보인다.

프랑스의 조종사가 미국으로 망명해 뉴욕에서 쓴 소설이 세계적인 고전이 되고, 이 고전이 한국어로 번역되어 온 국민이 아는 문학작품이 된 상태에서 이를 다시 경상도 사투리로 번역한 책이 독일에서 먼저 나오고 한국에서도 출간되었다. 출간 과정 자체가 이 기획이 가진 파격의 형식을 보여 준다. '모두가 아는 이야기를 소수의 사람들의 언어로 기록해 두겠다. 그리하여 사라져가는 언어들, 그 무형의 유산을 영원히 간직할 수 있도록 만들겠다'는 출판사의 의도는 책의 목적에 더할 나위 없이 충실한 기획인 동시에, 결과적으로는 최상의 전복성을 드러낸다. 책은 그 무엇보다도 아카이빙을 위한 매

● 「경상도 사투리버전 '어린왕자' 유럽 한류팬, 교포에게 인기라는데」, 『조선일보』(2020. 12. 17.)

체다. 그리고 『애린 왕자』는 그 본질적인 목적에 충실한 책이다.

너무 파격적이어서 차라리 파격적이지 않아 보이는 이 기획은 '책'이기 때문에 더 많은 화제를 모았다. 『애린 왕자』는 출간과 동시에 각종 방송과 유튜브 채널의 소재가 되었고, 경상도 출신의 여러 유명 연예인과 인플루언서가 '사투리가 활자로 인쇄된 것을 눈으로 보기는 처음'이라는 반응을 보이며 억양을 한껏 살려 책을 낭독했다. 이 모습이 TV와 모바일 플랫폼을 통해 송출되고, 이를 편집한 영상들이 다양한 기사와 SNS를 통해 실시간으로 공유되었다. 무엇보다 "I pondered deeply, then(나는 그때부터 생각에 몰두했다)"을 "머 이런 기 있나 싶어가"로 옮긴 것이 신의 한 수였다는 데 많은 독자가 공감했다. 책 출간 자체가 책이 사라져 가는 시대에 아카이빙 형식으로서의 전복성을 잘 보여 줬다면, 구현할 수 있는 가장 맛깔난 형태로 번역한 것은 내용상의 전복성을 잘 드러냈던 것이다.

지금까지 말한 내용을 종합해 중쇄를 찍는 데 필요한 전복성의 조건을 정의하면 다음과 같다. ① 이제까지 찾아볼 수 없던 주제 중에서 ② 남들은 뭐래도 나는 꼭 해 보고 싶었던 이야기를 ③ 우리의 핵심 타깃이 미쳐 쓰러질 정도로 좋아하는 형태로 ④ 해당 주제를 더 깊이 사랑할 수 있도록 만들어 주는 책이어야 한다.

『애린 왕자』의 성공 요건이 바로 여기에 부합한다고 본다. 『애린 왕자』는 ① 이제까지 찾아볼 수 없었던 사투리로 번역된 책이면서 ② 다수가 선호하지는 않더라도 ③ 몇몇이 미쳐 쓰러질 정도로 좋아하는 주제였고 ④ 무엇보다 경상도 사투리를 깊은 애정을 가지고 들여다보게 해 주었다. 가장 책다운 기획이 가장 파격적일 수 있음을 그 과정과 형식으로도 당당하게 보여 준 책이라고 생각한다.

주제나 형식 못지않게 책의 전복성을 극단적으로 독자에게 전달하는 중요한 요소는 제목이다. 어떤 책은 제목이 그 책의 모든 것이라고 할 만큼 제목은 책의 전복성을 드러내는 데 절대적인 요소다. 그렇다면 도서에 전복성을 가미하는 제목을 짓는 방법도 고심할 필요가 있다. 다음은 내가 책 제목을 지을 때 전복성을 가미하는 방법으로 수시로 떠올리는 사례다.

방법1. 적대적인 두 개념의 충돌
『행복한 이기주의자』
'행복'과 '이기주의'라는 서로 대응하지 않는 두 단

어를 충돌시켜 이기주의를 타인의 시선이 아닌 나의 시선에서 긍정적으로 바라보게 만들었다.

방법2. 마이너리티의 목소리
『나는 가해자의 엄마입니다』

이제껏 전면에 등장한 바 없던 마이너리티 캐릭터를 제목에 정면으로 부각시킴으로써 책의 성격을 가장 정직하게 드러내는 동시에 독자에게 충격을 안긴다.

방법3. 사회 통념에 반하는 메시지
『나는 나를 파괴할 권리가 있다』

안전하고 공고하다고 느끼는 상태를 깨부수고 이를 뒤집으려는 메시지를 강력하게 드러내어 독자로 하여금 일탈의 충동과 만족감을 느끼게 한다.

방법4. 독자 경험에 반하는 메시지
『순리자』, 『애린 왕자』

『역행자』의 페이크 버전인 『순리자』는 『역행자』의 겉표지 제목을 책 제목과 정반대 개념인 『순리자』라고 인쇄해 신선함을 안긴다. 또한 『애린 왕자』는 표준어 『어린 왕자』를 사투리로 변환해 고전이 가진 진부함을 환기한다. 두 제목 모두 '변하지 않는 매체로서의 종이 책'에 대한 독자 경험을 뒤집는다.

{ 6 }
7할의 충분성이 2,001부를 가능하게 한다

얼마나 정교하게 가공할 것인가

파격적인 키워드의 근거를
충분히 제시하고 있는가

출판계에 입문하고 3년 차를 맞았을 때 내가 막내로 있던 팀은 그야말로 베스트셀러 제조기들의 집합소였다. 그곳에서 나를 뽑았던 나의 출판 선배들은 팔리면서도 동시에 의미까지 있는 책을 펴냈다. 선배들이 이룬 성과 덕분에 그저 같은 팀이라는 이유만으로 내 월급에까지 베스트셀러 인센티브가 꽂히곤 했고, 근거리에서 '한국 출판문화상' 수상 도서의 출간 과정을 지켜보는 영광을 누리기도 했다. 그곳에서 나는 무려 1년이라는 시간

동안 제대로 된 책도 못 내면서 꿔다 놓은 보릿자루처럼 지냈다. 지금 생각해 보면 말도 안 되게 쓸모없는 존재였는데, 이 자각을 지금 하는 걸 보면 나도 어지간히 남 생각 안 하며 사는 인간임이 분명하다.

어쨌든 그 시절 나는 언감생심 내지 못할 책에만 기웃거렸다. 뭐 대단한 프로젝트들을 기획한 것도 아니고, 이상한 정치사회인문교양 뽕에 취해서는 '기본소득의 미래' 같은 책을 내고 싶어 했다. 무려 12년 전 일로, 당시 기본소득은 지금과 같이 일상화된 제도가 아니었고 허황한 꿈처럼 느껴지는 키워드였다. 그럼에도 불구하고 기본소득에 관심을 갖기 시작한 것은 그 무렵에 읽은 한 특집기사 때문이었는데, 아프리카의 어느 찢어지게 가난한 마을 주민들에게 무상으로 돈을 지급하기 시작하자 스스로들 일자리를 창출하고 삶의 기반을 닦아나가는 기적을 일으켰다는 내용이었다. 기어이 사수와 팀장님을 모시고 관련 전문가를 만났고, 예비 저자를 모신 자리에서 있는 대로 푼수를 떨고 실언을 하고 말았다. 베스트셀러를 만들려면 딱 중학교 1학년이 읽었을 때 감동적인 수준이어야 한다며, 이전에 선배들에게 들었던 농담 따위를 그 전문가 앞에서 아무 생각 없이 시전했던 것이다. 이 문제의 발언이 튀어나오는 순간 나의 사수와 팀장님은 물론, 전문가 교수님의 표정까지 일시에 얼어붙었다. 그분께는 기본소득이 그런 장난 따위를 받아들일 수 있는 수준의 얄팍한 문제가 아니었다.

이 아이템의 출간이 흐지부지된 후에도 나는 기본소득과 관련된 기사나 강연이 있으면 꼭 챙겨 보곤 했다. 하루는 어느 경제 전문가의 강연을 들으러 갔다가, 그에게 기본소득에 대해 어떻게 생각하냐고 물었다. 그는 매우 불쾌한 표정을 지으며 이렇게 대답했다. "그 돈이 다 어디서 나옵니까? 바보들이나 하는 생각이죠." 전문가조차 설득하지 못하는 주제를, 중1짜리가 이해하는 수준으로 풀어놓자는 헛소리를 늘어놨던 것이다.

충분성의 첫 번째 조건은 타깃이 필요로 하는 정보를 어느 정도 수준으로 가공할지를 명확하게 파악하는 것이다. 말로 설명해야 하는 주제가 있고, 지도로 안내해야 하는 지식이 있으며, 그림과 사진으로 정확하게 전달해야 하는 정보가 있다. 각 텍스트의 성격에 맞는 형태를 띠고 있느냐, 이 '세공의 기술'이 충분성의 제1조건이다.

충분하다는 말은 다시 말해
충분히 세공했다는 말

『초등 노트 필기의 기술』은 나로서는 여러 측면에서 한계가 많은 책이었다. 첫째, 나는 어린이/자녀교육 분야의 책을 만들어 본 경험이 거의 없었다. 둘째, 팬데믹의 영향으로 전국의 초등학생이 비대면 수업을 시작한 시점이었다. 셋째, 교육시장의 큰 수요는 문해력에 방점이 찍힌 상태였다. 넷째, 초등학생을 대상으로 필기 방식을 설명하는 데는 한계가 명확했다.

사실 노트 필기는 출판계에 입문한 이래로 오랫동안 탐내 온 주제였다. 2010년 무렵 일본에서 큰 인기를 얻은 『도쿄대생의 노트는 반드시 아름답다』東大合格生のノートはかならず美しい라는 책이 있는데, 나는 이 책의 기획 방향이 정말 마음에 들었다. 잘 정리된 노트는 사람을 감동하게 하는 구석이 있다. 들어온 정보 가운데 중요한 것과 중요하지 않은 것을 분류하고, 살아남은 정보들을 다시 체계화해 일목요연하게 정리하는 가운데 내가 공부한 내용은 고스란히 내 것이 된다. 필기란 과정 자체가 결과를 담보하는 매우 효율적이고 순수한 공부 행위다. 실제로 책에 등장한 도쿄대생들의 노트 샘플은 아름

다뤘다. 그들이 정갈하게 노력을 기울인 시간이 저마다의 노트로 구현된 것 같아 퍽 감동스러웠고, 이따금 원서를 펼쳐 볼 때마다 절로 흐뭇해지곤 했다.

2010년에 구매한 원서의 아이디어를 2022년에 구현했던 것은 '온라인 전면 수업'이라는 현실의 변화가 모두에게 너무 갑작스러웠기 때문이다. 대한민국에서 가장 바뀌지 않는 3대 조직인 학교/군대/종교기관 중에서도 가장 보수적인 학교가 팬데믹이라는 특수한 상황을 만나 기존 교육방식을 180도 전환해야 하는 시기였다. 온라인 수업 상황이 장기화되자, 일선에서 가장 힘겨워하던 교사를 대상으로 하는 신간이 쏟아져 나오기 시작했다. 아이들이 온라인 수업을 잘 듣게 하는 방법에는 딱히 방법론이 존재하지 않았기 때문에 서비스를 제공하는 교사를 타깃으로 어떻게 하면 몰입도 높은 수업을 실시할 수 있을까 고민한 책이 많이 출간된 것이다.

그러나 나는 그런 책에는 당연한 한계가 존재한다고 봤다. 문제의 본질이 어떻게 하면 수업을 잘하느냐가 아니라 어떻게 하면 '온라인' 수업을 잘하느냐에 있다면, 온라인 수업에 관한 안내는 온라인상에서 이루어지는 것이 가장 효율적이었다. 갑작스레 시행된 온라인 전면 수업 때문에 사람들이 책을 읽어야 한다면 그건 어떤 책이 되어야 할까?

온라인 수업 → 어수선하고 산만한 수업시간 → 확연
히 떨어지는 집중도 → 그 산만한 와중에 혼자 방에서
공부해야 하는 아이들 → 누구의 도움 없이 혼자서도
집중도를 높일 수 있는 방법 → 노트 필기?

모든 문제에는 원인과 증상이 있다. 때때로 문제의
증상이 원인처럼 보이기도 하지만, 원인과 증상은 엄밀
히 다른 개념이다. 온라인 수업 때문에 아이들이 수업에
집중하지 못하고 산만해진다고 생각하기 쉽지만, 사실
온라인 수업에서 '집중하지 못하는' 것이 진짜 문제다.
그렇다면 수업에 집중하는 방법을 고안하는 것이 맞고,
그 방법 가운데 책으로 전달했을 때 가장 효과적인 정보
는 노트 필기라고 판단했다. '온라인 수업'이라는 문제
에서 '온라인'을 떼어냈더니 오프라인에 최적화된 방식
인 '노트'가 해결 방법으로 떠올랐던 것이다.

나는 저자를 수소문해 '노트 필기하는 법'을 기획했
다. 그리고 저자에게 요청했다. "모든 정보를 이미지화
해 주세요. 교과서와 노트를 하나하나 캡처하고 말풍선
을 달아서 모든 정보를 직관적으로 제공하는 겁니다. 굳

이 부모가 개입하지 않고 아이가 혼자 보더라도 이해하게끔 만드는 것이 우리 책의 목표입니다."

오랫동안 해 보고 싶던 아이템, 그것도 아날로그적인 방식의 최고봉인 '노트 필기'야말로 지금 이 순간 출간해야 하는 단 한 권의 책처럼 느껴졌다. 아이도 부모도 교사도 갑작스럽게 변화한 교육 환경에 적응하지 못해 아우성을 칠 때였고, 무엇보다 가정에서 충분히 보살핌 받는 아이와 그렇지 못한 아이의 학습 격차가 무섭게 벌어지던 시기였다. 안정적인 무언가, 확실하게 아이가 집중하고 있다는 것을 아이도 부모도 교사도 확인할 수 있는 무엇이 필요했다.

이 기획은 적중했다. 출간 후 정확히 두 달 만에 6,000부가 팔렸다. 역시나 마케팅비를 거의 쓰지 않고, 순수하게 책의 모양새와 입소문만으로 팔려 나간 도서였다. 『초등 노트 필기의 기술』이 시장의 반응을 얻자 나는 곧바로 『초등 교과서 읽기의 기술』 기획에 들어갔다. 『초등 노트 필기의 기술』이 아이들의 자기주도학습 능력을 높이려는 목적이었으니 다음 권 역시 기본에 충실하면서 가장 확실한 방법을 낼 수 있는 교육법이어야 했다. 그러자면 무엇보다 중요한 일이 '교과서 읽기'였다. 다만 초등학생에게 노트 쓰는 법을 제대로 알려 주는 일만큼이나 교과서를 잘 읽는 방법을 전수하는 일도 꽤나 어렵다는 것이 문제였다. 교과서를 읽는 데 어려움을 느끼는 아이들이 '교과서를 제대로 읽는 법'을 어찌 쉽게 읽겠는가. 방법이 없었다. 『초등 노트 필기의 기술』과 마찬가지로, 『초등 교과서 읽기의 기술』역시 교과서 본문 내용을 한 장 한 장 이미지화하고 해당 위치에 말풍선을 다는 방식으로 설명을 진행했다.

240쪽에 달하는 교과서 이미지에 하나하나 말풍선을 붙이는 일은 절대로 쉬운 일이 아니다. 무엇보다 저작권 문제가 발생해선 안 됐기에 모든 이미지와 서체, 본문 내용을 대체하거나 저작권 사용 허락을 얻고 필요한 비용을 지불한 뒤에 실었다. 이 모든 과정이 사람의 피를 말렸다. 그러나 어쩔 것인가. 필요하니 해야 했다.

『초등 노트 필기의 기술』이 필기의 종류에는 핵심 개념형, T자형, 마인드맵, 씽킹맵이 있다는 것을 일일이 노트 이미지로 만들어 보여 줬다면, 『초등 교과서 읽기의 기술』은 학습주제를 파악하는 법이나 교과서의 그림을 문제에 적용하는 법을 일일이 화살표와 말풍선을 넣어 가며 이미지로 표현했다. 그런 짓은 나도 저자들도 디자이너도 해 본 적이 없었다. 회의와 검토를 수시로 거쳐야 했고, 앉힌 것을 뒤집기를 숱하게 반복했다.

돌이켜보면 기획 아이디어를 낸 시점에서 출간에 이르는 동안 '이걸 이렇게까지 만들어야 할까?' 하는 생각도 해 볼 법했지만, 저자 네 분도, 편집자인 나도, 디자이너도 '그냥' 만들었다. 필기하고 교과서 읽는 방법이란 글로 아무리 설명해 봐야 알아먹기 어려운 정보였다. 누구하나 굳이 입 밖으로 내지는 않았지만 다들 같은 생각이었다. 지금까지 『초등 노트 필기의 기술』은 1만 부 이상, 『초등 교과서 읽기의 기술』은 5,000부 이상 팔렸으니 아주 헛된 고생은 아니었지만, 두 권 만드는 데 들인 공력을 생각하면 차라리 다른 책 네다섯 권을 만드는 일이 수월했지 싶다.

그러나 책의 의미라는 게 판매로만 구현되는 것이 아니지 않나. 책이 나오고 얼마 지나지 않아 마케터로부터 링크가 하나 날아왔다. '초등 노트 필기의 기술 언박싱'이라는 제목의 영상을 클릭해 보니, 초등 고학년 독자께서 『초등 노트 필기의 기술』을 그야말로 내돈내산 언박싱하는 장면을 촬영해 올린 영상이었다. '첫 영상이에요 크롱~'이라는 영상 소개글과 함께 클로즈업된 작고 오동통한 손, "제가 노트 필기를 좋아해서 한번 사 봤어요"라는 자막이 아직도 잊히질 않는다. 나의 타깃 초등 독자께서 사 볼 법한 책이라고 여겨 주신 것이었다.

아마도 많은 학부모가 바로 이 지점에서 이 책을 사기로 마음먹었을 것이다. 노트 필기의 특성상 부모가 학습해 아이에게 하나하나 적용시키기는 어려울 수 있다. '이런 책이 있으니 보고 따라해 봐라' 하는 선에서 건넬 수 있어야 책에 효용이 발생한다. 바로 이 부분이 어린이/자녀교육 분야 기획에서 어려운 지점이다. 책을 사는 사람과 읽을 사람이 다르기에 그 간극을 최대한 줄여야 했다.

어느 누구도 '온라인 수업 중에 노트 필기를 하면 온라인 수업을 더 잘 들을 수 있다'고 말하지 않던 때에 저자와 관련한 어떤 마케팅 이슈도 없이 출간된 책이었지만, 독자들은 우리 책을 수긍해 줬다. 노트 필기를 하려면 형광펜과 자를 챙겨야 한다는 것까지 모두 이미지화한 본문이 아니었다면 그런 결과가 나왔을까 자신할 수 없다.

한국인이 오후 7시 이후 소비하는 미디어 1위는 유튜브다. 거기엔 없는 정보가 없다. 공짜 정보가 범람하는 시대에 15,000원을 주고도 아깝지 않다고 느끼게 하려면 콘텐츠의 수준과 함량을 그만큼 높이는 수밖에 없다. 아주 가끔씩, 내가 고작 5,000부 팔려고 이 생고생을 하나 싶어 현타가 올 때도 있다. 도대체 책 한 권을 내는 데 얼마만큼의 공력을 쏟아 부어야 하나, 허망함이 밀려 들기도 한다.

그러나 생각해 보자. 그게 대수인가? 우리가 맞는 최악의 상황이란, 점점 더 공을 들이지 않으면 안 되는 시장 환경이 아니다. 기껏 책을 내놓았는데도 아무도 거들떠보지 않는 상황이다. 다시 말해 중쇄를 찍지 못하는 상황이 우리가 겪을 수 있는 최악의 상황이다. 그러니 책을 만들며 수시로 점검해야 한다. 우리의 책은 15,000원이라는 교환 가치를 충분히 구현하고 있는가? 15,000원 주고 살 수 있는 최고의 물건을 만드는 것, 그것을 우리의 목표로 삼아야 한다.

안정성을 높이기 위한 설계도, 기획안

15년을 일했어도 여전히, 어느 정도의 함량이 독자에게 적정한 수준인지 가늠하기란 매번 어렵다. 경쟁도서를 몇 번이나 살펴본 뒤에도 정작 내 저자에게 원고 몇 매, 꼭지당 분량은 얼마, 정보의 난이도는 상중하 중 어디에 맞춰 써 주십사 요청해야 할지 막막하기만 하다. 원고를 받은 뒤에도 과연 이 원고가 적정한 수준인지 판단해야 할 때마다 괴로운 마음이 가득하다. 내가 예상한 원고가 아닐 때에는 '뭐 이 정도면 괜찮은 거 아닌가' 그냥 넘어가고 싶은 마음과 어떻게 해서든 저자께 꼼꼼한 피드백을 드려서 '바로 그 원고'를 만들어 보자는 마음이 갈등한다.

수십 년간 『뉴요커』의 전속 필자로 일한 논픽션의 대가 존 맥피의 『네 번째 원고』에는 작가가 생각하는 가장 이상적인 편집자의 역할이 등장한다. 그는 "편집자들은 작가의 상담사로서 출판 과정에서 마지막 단계보다 초고 단계에서 훨씬 더 큰 도움을 줄 수 있다"고 말한다. 아울러 모든 작가는 겉으로 자신 없는 작가와 속으로 자신 없는 작가로 나뉘는데, 편집자는 이들에게 통찰, 격려, 확신을 심어 주는 존재라고 정의한다.● 15년 차 편집자로서 나 역시 저자에게 통찰과 격려, 확신을 심어 주는 존재가 되기를 간절히 꿈꾼다. 그런 존재가 될 수 있다는 생각만으로도 가슴이 두근거린다. 그러자면 우리의 소중한 저자가 원고를 쓴 다음에 이리저리 고치라고 하기 전에 반드시 해야 할 일이 있다. 작가에게 원고의 명확한 방향을 안내하고, 이 원고야말로 당신이 아니면 쓸 수 없는 원고라고, 당신 안의 특정 경험과 지식이 그 근거가 되리라고 확신을 주는 역할에 먼저 집중해야 한다.

● 『네 번째 원고』, 존 맥피 지음, 유나영 옮김, 글항아리, 2020.

아마 우리가 생각하고 있는 파격적인 키워드를 독자들은 '오, 이런 게 가능하단 말이야?' 하고 호기심 가득한 눈으로 바라보는 한편, '이게 말이 되나?' 싶은 의구심을 품을 것이다. 일단 호기심과 의구심을 이끌어 냈다면 우리는 2할의 전복성을 끌어내는 데 성공한 것이다. 어쩌면 2,000부 초판을 팔아 내는 데에도 성공한 상황일 수 있다. 하지만 출판인에게 정말 중요한 과제는 2,001부를 만들어 낼 수 있느냐이다. 제목이 좀 독특하고 주제가 좀 참신한 것만으로는 부족하다. 살 만한 책인지 아닌지는 차례만 훑어봐도 판단이 선다. 그러므로 재쇄를 가능하게 하는 것은 저자가 어느 수준의 지식을 어떤 형태로 저술하도록 끌어올리느냐에 달려 있다.

나는 '충분한' 수준의 원고를 이끌어 내는 첫걸음은 기획안에 있다고 본다. 기획안은 책이 얼마나 탄탄한 수준의 완성도를 구현해 낼지 예측하는 설계도 같은 것이다. 이 설계도를 잘 짜야만 저자가 갈팡질팡하지 않고 써야 하는 주제를 적확한 함량만큼 쓰도록 도울 수 있다.

앞서 소개한 『꿈꾸는 한국사』 시리즈는 멀리깊이를 창업한 후 6개월 차에 기획안을 작성해 출간에 성공한 도서다. 『꿈꾸는 한국사』는 출발 자체가 학습만화로

만 한국사를 접한 아이들에게 '충분한' 정보와 생각할 거리를 제공하려는 의도였다. 학습만화는 한 시리즈가 500만 부씩 팔려 나갈 정도로 시장이 거대하지만, 이 만화 시리즈를 읽은 아이들이 다음 단계에 읽을 만한 책은 찾아보기 힘들었다. 물론 초등 고학년을 위한 한국사 시장에도 오랜 스테디셀러들이 있긴 하나 오늘의 시장과 가치관에 맞는 새로운 문제제기와 편집이 필요해 보였다. 따라서 나는 학습만화로 한국사를 접한 학령전/초등 저학년 어린이가 초등 고학년이 되어 읽을 한국사 책의 기획안을 만들기 시작했다.

충실한 원고를 끌어내는 기획안을 만들려면 우리의 기획안이 그 자체로 도서의 설계도라는 생각을 가지고 최대한 구체적으로 작성하는 것이 좋다. 상사에게 보고하기 위한 용도라기보다는 ① 저자에게 내 시간과 노력을 투자해도 좋을 아이템이라는 확신을 주는 기획안 ② 출판사 입장에서는 정말로 해당 타깃에게 필요한 도서인지 검증하는 기획안 ③ 무엇보다 저자가 써야 하는 원고의 방향성을 확실하게 드러내는 기획안을 쓰고자 했다. 특히 『꿈꾸는 한국사』의 기획안은 무엇보다 저자에게서 계약을 '수주'해 낸다는 마음으로 만들었기 때문에, 한 쪽짜리 한글 파일이 아닌 정성스럽게 디자인한 프레젠

테이션용 PPT로 다음과 같이 작성했다(이후 멀리깊이는 모든 기획안을 프레젠테이션용 PPT로 만들고 있다). PPT는 다음과 같이 구성한다.

1. 기획안 표지

미팅 자리에서 출력된 기획안을 받아 봤을 때 '책이 나온다면 이런 느낌과 분위기가 나겠구나' 상상할 수 있도록 디자인된 표제지를 만들었다.

2. 저자 소개

다른 출판사에서 펴낸 도서의 저자 약력이나 저자가 대중에 공개한 약력을 그대로 옮겨 적지 않았다. 저자에게 저자의 약력을 보여 봤자 쓸데없는 정보인 탓도 크지만, 저자로 하여금 '이게 언제 적 얘기야'라는 트집이나 잡히기 십상이기 때문이다. 주요 경력을 반드시 넣되, 우리 출판사가 저자에게 어떤 인식을 가지고 있으며 그의 경력과 철학을 어느 정도로 이해하고 있는지를 보여 주는 용도로 작성했다. 그래야 저자 스스로도 '내가 이 원고를 써낼 만한 충분한 역량이 있구나' 다시금 확신할 수 있고, 추후 보도자료를 작성하거나 책을 홍보할 때도 유용한 자료가 된다.

3. 기획안 차례

기획안도 책처럼 차례를 짰다. 그러면 기획안을 작성하면서 기획안에 반드시 들어가야 하는 요소를 다시 한번 고민하고 점검하게 된다. 우리가 생각하는 저자는 어떤 인물인지, 왜 이 책을 써야(출간해야) 하는지, 누가 왜 이 책을 읽을지, 유사도서에는 어떤 것들이 있으며 특징은 무엇인지, 그에 기반해 우리 도서는 어떤 방식으로 만들 것인지를 담았고 이 순서를 정리한 기획안의 차례 역시 기획안의 한 페이지로 배치했다.

4. 타깃 독자 분석

타깃 독자의 연령대와 분야뿐 아니라 '타깃 독자와 우리의 경쟁도서 또는 연계도서와의 관계'에 집중해서 분석했다. '초등 고학년'이라고 쓰지 않고 '최근 이런이런 도서를 읽고 이런이런 활동을 하고 있는 몇 살 어린이'와 같이 세세히 작성했다. '사용자 여정 지도●'를 작성하는 기업도 많은데, 책이라면 타깃 독자에 페르소나를 부여함으로써 책의 콘셉트와 내용을 독자의 욕구에 맞게 충실히 설계하는 것이다. 이런 연결고리 하나하나가 이후 표지의 카피는 물론 마케팅 단계의 카드뉴스로

● 사용자 여정 지도(User/Customer Journey Map)란 고객이 서비스 또는 제품을 만나게 되는 모든 접점을 분석해 시각화한 자료를 말한다.

까지 이어질 수 있다.

5. 기획 배경

현재 시장에서 우리 도서가 왜 필요한지를 구체적으로 기술했다. 많은 초등학생이 학습만화만으로 한국사를 공부한다는 문제의식, 초등 고학년부터 철학하는 사고력을 키워야 한다는 키워드와 타깃과의 연관성, 모든 차례를 질문과 문제제기로만 구성한다는 도서의 큰 콘셉트, 한국사와 세계사를 동시에 제시한다는 발전 요소까지 모두 기술했다.

6-1. 경쟁도서 분석 1

한국사라는 키워드를 중심으로 핵심 타깃 시장에 분포된 베스트셀러를 분석했다. 각각의 경쟁도서를 3~4권 분석한 후에 이들 경쟁도서가 포진된 시장 전체의 특징에 대해서도 나름의 분석을 기술했다.

6-2. 경쟁도서 분석 2

경쟁도서 분석 1에서 키워드를 중심으로 시장을 분석했다면, 경쟁도서 분석 2에서는 '열두 살'이라는 핵심 타깃의 연령대를 중심으로 가장 인기 있는 도서의 특징을 분석했다.

7. 편집 방향

도서 콘셉트에 따른 구체적인 편집 방향을 기술하고 기획안에 기술된 편집 목표가 원고와 책의 디자인에 반영될 수 있도록 노력했다. 기획안은 저자와의 약속이기 때문에, 기획안은 기획안대로 써 놓고 실제 책은 엉망진창으로 나오지 않도록 끝까지 노력을 기울였다.

책을 출간하고 나면 반드시 기획안을 다시 꺼내 대조해 보는 습관을 들이자. 어떤 부분이 나아졌고 어떤 부분에 실패했는지 복기하는 것도 이다음에 더 나은 책을 만드는 데이터베이스가 된다. 기획안 단계에서 만들려는 책에 대해 성실하게 고민하고 구체적으로 상상할수록 내용은 더욱더 충실해지고 만드는 과정에서 이리저리 흔들리지도 않는다는 사실을 기억하자.

공감을 최대치로 끌어올리는 편집의 조건

독자와 저자 모두에게 천착하는 제목과 차례

독자의 욕구와 저자의 욕구가
모두 드러나는 제목

멀리깊이는 크게 두 단계로 제목안을 작성한다. 첫 번째는 '독자의 욕망을 탐구하기 위한 제목안'이다. 이는 대부분 출판사에서 일반적으로 작성하는 제목안으로, 타깃 독자의 성향을 분석하고 기획안의 방향성에도 부합하는 제목을 찾기 위한 양식이다. 대체로 제목안에는 ① 담당자가 생각하는 제목안의 핵심 키워드 ② 담당자가 선정한 유력안 ③ 해당 유력안을 선정한 이유나 배경 ④ 유력안 외에 각각의 키워드를 중심으로 수십 개, 가능하다면 백 개 단위의 제목들을 정리한다.

　백 개라고? 아이템에 따라 다르겠지만 나는 대체로 제목안을 작성할 때 매 회차마다 50~100개의 제목안을 정리하려고 노력한다. 양이 많을수록 창의적인 제목안이 나올 확률을 높여 주기 때문이다. 애덤 그랜트의 『오리지널스』에는 심리학자 딘 사이먼튼의 '창의적 생산성'에 대한 언급이 나오는데, 평균적으로 볼 때 창의적인 천재들은 같은 분야의 동료 집단보다 질적으로 우월하지는 않다고 한다. 대신에 단순하게 그저 '훨씬' 많은 양의 아이디어를 낸다고. 특히 나처럼 혼자 일하는 환경에서는 누가 보는 사람이 없으니 양적 노력에 게을러지기 쉽다. 귀찮다고 건너뛰는 순간이 독자와의 연결고리가 톡 끊어지는 순간이라고 생각하면 게을러지는 자신을 다잡을 수 있다.

　원점으로 돌아와, 멀리깊이에서는 독자의 욕망을 탐구하기 위한 제목안과 함께 그다음 단계인 '저자를 설득하기 위한 제목안'을 별도로 작성한다. 어떤 책은 저자의 캐릭터가 그 자체로 우리가 설득해야 하는 독자의 성격을 대변하기 때문에, 무엇보다 저자가 제목에 호감을 갖는 일이 중요하다. 나는 초기에 저자와 논의했던 제목이 필요에 의해 크게 틀어지게 되면 왜 이런 제목을 밀고 갈 수밖에 없는지 저자를 위한 별도의 제목안을 공들여 작성하기도 했다. 많은 출판사가 저자와 충분한 협의를 거치지 않은 채 독단적으로 제목을 정해 놓고는 이에 항의하는 저자에게 '내부에서 심사숙고해 결정했다'거나 '판매에 가장 좋은 방향으로 결정했으니 존중해 달라'고 '통보'한다. 그러나 실제로는 '심사숙고'라는 표현이 무색하게 그저 출간일에 쫓겨 토끼몰이하듯 제목을 몰고 가다가 어영부영 정해 버리는 경우를 정말 많이 봤다.

책은 어디까지나 저자의 것이다. 저자의 동의와 허락을 구하지 않은 심사숙고는 심사숙고가 아니다. 책의 상이 어떠해야 한다는 것은 언제나 책을 만드는 나의 결정이어야 하지만, 그것이 저자의 동의를 거치지 않고 저자가 수긍하고 납득하지 않는 내용이어서는 절대로 안 된다. 저자를 설득하기 위해 별도로 제목안을 작성하는 경우에는 ① 함께 매대에 놓이게 될 도서들의 제목과 키워드 분석 ② 우리 도서의 주요 키워드에서 나올 수 있는 다양한 표현들 ③ 해당 제목의 기회와 위협 요소 ④ 그 결과 제시하는 최종 제목과 그 후보들로 정리해 전달했다.

이렇게까지 하는 이유는, 그 제목이 아니면 안 되기 때문이다. 멀리깊이의 4쇄 도서 『두 사람이 걷는 법에 대하여』의 저자 변상욱 기자는 "담당 편집자가 자기 확신을 가지고 '이렇게 진행했으면 합니다' 말해 주니 함께 일하기 편했지요"라고 이야기하기도 했다. 『두 사람이 걷는 법에 대하여』 역시 이미 편집 초기 단계부터 마음속에 둔 제목이었지만, 이 제목이 과연 맞는지를 확신하기 위해 독자 입장에서, 저자 입장에서 제목안을 수회 작성했다. 어차피 제목은 하나일 텐데 무식하게 양만 늘려 봤자 무슨 도움이 되겠느냐고 생각하기 쉽지만, 제목안을 작성하는 와중에 튀어나온 다양한 표현들은 차례의 소재가 될 수도 있고 표4의 카피가 될 수도 있고 보도자료의 주요 방향성이 될 수도 있다. 독자와 공명하는 데 가장 좋은 방법은 '접점의 양'을 늘리는 데 있다는 사실을 기억하자.

총제척이고 입체적인 정보로서의 차례

한 권의 책이 우리 손에 쥐어지기까지의 과정을 고스란히 담은 책 『책이라는 선물』에는 편집자 시마다 준이치로의 편집론이 한 꼭지 등장한다. '책은 독자의 것'이라는 제목의 글에서 그는 이런 말을 한다. "인터넷 시대가 열리면서 변한 것은 전체가 잘 보이지 않게 되었다는 것이다. 전체를 조망하며 사물을 바라보기가 힘들어졌다. 다시 말해 자신이 서 있는 위치를 파악하기 어려워졌다." 이어 "매일같이 SNS를 들여다보지만, 거기에 올라오는 건 어디까지나 내 가치관과 비슷한 사람들의 소식과 발언"이라 꼬집으며 이렇게 고백한다. "5분 전 정보보다 1초 전 정보가 절대적인 가치를 갖는, 이런 끝이 없는 세상에 진이 빠진다."●

책은 정보를 전달하는 가장 체계적이고 확실한 매체다. 실제로 많은 연구결과가 SNS상의 텍스트가 종이 인쇄물에 비해 깊이 있는 정보처리 과정을 방해한다는 것을 증명한다. SNS상의 텍스트는 '읽혀지는'reading 것이라기보다는 '보여지는'seeing 것에 불과하다는 말이다. ●● 종이책과 전자책의 경우 2페이지 분량까지는 학습 면에서 차이가 없지만, 2페이지를 넘어가는 순간부터는 종이책을 학습하는 효과가 전자책을 학습하는 효과보다 뛰어나다는 결과도 있다.●●● 활자가 고정된 종이책이 뇌가 학습을 할 때 훨씬 기억하기 용이하다는 뜻이

● 『책이라는 선물』, 가사이 루미코 외 지음, 김단비 옮김, 유유, 2021.
●● 「정보 전달매체(SNS vs. 종이 인쇄물)에 따른 학습자의 읽기 수행능력 비교 연구」, 최명원·홍성완, 『텍스트언어학』, 한국텍스트언어학회, 2016.
●●● 『사람은 어떻게 생각하고 배우고 기억하는가』, 제레드 쿠니 호바스 지음, 김나연 옮김, 토네이도, 2020 참고.

다. 새로운 매체들에 의해 끊임없이 책이 죽어 나가는 듯 보여도, 어떤 정보는 반드시 책을 통해 유통되는 것이 독자들에게도 이익일 수밖에 없다.

그러니 도서 제조업자인 우리는, 우리가 만들 책을 구상하면서 차례는 최대한 계층 구조를 지니게끔 작성하자.

1안. **평면적 구성 예시**

　　1장 재밌는 이야기

　　2장 웃기는 이야기

　　3장 신나는 이야기

　　4장 흥미로운 이야기

2안. **입체적이고 유기적인 구성 예시**

　　1장 이야기의 배경

　　ㅡ 지리적·심리적·사회적 요인 설명

　　ㅡ 등장인물의 욕망과 갈등 구조 설명

　　2장 인물 간 욕망의 전개

　　ㅡ 주인공과 안티 주인공의 목표는 어떻게 충돌하는가

　　ㅡ 각기 어떤 선택을 했는가

3장 갈등의 폭발

— 주인공과 안티 주인공의 선택은 어떤 결과를 낳았는가

— 이로 인해 발생한 뜻밖의 문제와 사고는 무엇인가

4장 해소와 변화

— 사태는 무엇을 계기로 잠잠해졌는가

— 이로 인해 주인공과 안티 주인공은 어떻게 변화했는가

　　종이책이 지향해야 하는 정보는 2안처럼 입체성과 유기성을 지닌 차례다. 이와 같이 정보를 체계화하는 과정은 그 자체로 책이 다른 많은 매체에 본질적으로 앞서도록 만든다. 소설이든 자기계발서든 인문교양서든 마찬가지다. 완결된 체제와 구조를 가진 정보만이 책이 다른 많은 사라지는 정보에 대항하는 힘을 길러 준다.

　　최근의 출판계는 정보를 복잡하고 긴 분량으로 만들면 독자에게 거부당할 것이라는 두려움을 지나치게 크게 느끼는 듯하다. 실제로 원고의 양과 질이 점점 가벼워져서 판형이 작아지거나 책이 얇아지거나 본문이 지나치게 벙벙해지는 현상들이 나타난다. 그러나 그에

못지않게 벽돌책의 반란도 심심치 않게 등장한다. 전국언론노동조합 경향신문지부에 따르면, 지난 2019년 9월부터 2022년 4월까지 포털 사이트에 인링크(포털 내에서 뉴스 페이지가 열리는 링크)된 6,400개 기사의 열독률을 분석한 결과, 현안의 맥락을 짚고 분석을 담은 기사일수록 선호도가 높다는 분석이 나왔다. 또한 해당 신문의 관점이 녹아 있는 분석과 독자적으로 취재한 현장 스케치가 있는 기사들이 열독률 상위에 포진했다고 한다.● 긴 글을 읽기 싫어하는 경향성만큼이나 체계적인 정보를 읽기 원하는 독자 열망도 작지 않다는 사실을 기억하자.

다른 한편으로 우리의 독자들이 어떠한 정보를 어떠한 매체를 통해 접하길 원하는지에 대해서도 고민해 볼 필요가 있다. 어떤 정보는 종이에 인쇄된 활자를 한 장 한 장 읽어 나가는 방식이 가장 효율적일 수 있지만, 어떤 정보는 전자책 TTS(Text to Speech) 서비스를 통해 출퇴근길에 듣는 것이 최적일 수 있다. 그게 시간이 지닌 한계든 기술이 지닌 한계든, 우리의 독자가 책을 읽을 수 없는 한계를 극복하고 다시금 책을 읽도록 만들어 주기만 한다면, 나는 우리가 그토록 두려워하는 도서 OTT 서비스도 우리의 기회가 될 수 있다고 본다. 다소

● 「독자들이 기사 길면 창 닫을 것이라는 건 '착각'」, 『미디어오늘』(2022. 06. 16.)

극단적인 사례이기는 하지만, 불법 음원 다운로드는 음반 제조업에는 악영향을 미쳤으나 콘서트 업계의 부흥을 이끌었다는 연구결과가 있다.●● 『미래의 물결』로 유명한 미래학자 자크 아탈리는 음악을 소비하는 방식이 미래의 소비문화가 어떻게 변화할지 예측할 수 있는 지표라고 말했고, 실제로 스마트폰이 보급된 이후 CD와 같은 제품은 사라지고 디지털 플랫폼 기반의 다운로드 방식이 음반 산업을 잠식했다. '하루 500원'만 내면 온갖 OTT 서비스의 아이디를 빌려주는 서비스●●●까지 등장한 요즘, 무조건 제값 내고 종이로만 정보를 읽으라고 요구할 수 없는 시대가 이미 도래했는지도 모른다. 미디어와 콘텐츠 업계의 많은 기업이 강력한 IP를 기반으로 OSMU(One Source Multi Use)를 구축하려는 것도, 대박 나는 작품 하나를 만들기보다는 일정 수준 이상의 작품들이 잔뜩 모여 있는 플랫폼을 구축하려 노력하는 것도, 너무 많은 선택지가 있는 세상에서 한 가지 단품을 고르기를 거부하는 소비자 성향에 따른 것일 수 있다. 그게 옳으냐 그르냐에 대한 논의는 무의미하다.

종이책이 장년 세대에게 친화적인 매체라는 점과 세월이 흐를수록 책을 구매하는 인구 자체가 줄어들 수

●● 『콘텐츠의 미래』, 바라트 아난드 지음, 김인수 옮김, 리더스북, 2017.
●●● 「구독피로 시대, 500원 내고 하루만 보는 OTT, 왜 안 되나요?」, 『중앙일보』(2022.06.13.)

103

밖에 없다는 분명한 한계지점을 생각해 볼 때, 웹소설을 비롯해 새롭게 출판시장에 유입되는 세대에 적합한 콘텐츠를 만들어야 한다는 데에는 이견의 여지가 없다. 실제로 「2021년 출판산업 실태조사」에 따르면 웹소설의 연평균 증감률은 52.4퍼센트에 달한다(전자책 매출액 기준). 플랫폼 등 일정 규모를 유지할 수 있는 사업체에 해당하는 이야기이긴 하지만, 독자에게는 더 친숙한 환경에서 콘텐츠를 소비하려는 경향성을 지니고 있다는 사실 자체를 외면할 수 없는 지점에 다다랐다고 생각한다. 그리고 이 한계지점을 받아들이는 데에서 출판시장 전체의 경화도 실마리가 풀릴 수 있을 것이다.

제목이 미끼라면 카피는 낚싯줄

경력 4년 차 사원일 때, 중국 청나라 시대에 유행했던 '후흑학'이라는 처세술에 관한 책을 편집한 적이 있다. 에세이를 중심으로 출간하던 회사 분위기와 맞지 않았던 것은 물론, 국내에 그렇게 잘 알려진 사상도 아니었기 때문에 판매목표도 높지 않았고 무엇보다 사내의 관심도가 낮았다. 그러거나 말거나 어쨌든 담당자인 나로서는 기왕에 잘 알려지지 않은 메시지를 어떤 방식으로 포장해 독자에게 전달할지를 고민해야 했다. 제목은 『논어』나 『손자병법』과 같이 『후흑학』이 될 수밖에 없었으므로 어필할 구석은 부제와 카피뿐이었다. 부제 역시 후흑학의 핵심개념을 설명하는 데 할애해야 했으므로, 독자를 향해 이 책을 왜 사야 하는지를 설득할 수 있는 구석은 카피밖에 없었다.

청나라 말기 외세의 침략과 약탈에 철저하게 무너져 내린 중국인의 자긍심을 고취하고 실리적이고 적극적인 방식으로 난세에 승리를 거머쥐는 방법을 고민한 후흑학은 전쟁과도 같은 회사에서 살아남아야 하는 직장인의 처세술로서도 손색이 없어 보였다. 그래서 이 사상이 중국 역사에서 얼마나 중요한 의미를 가지는지, 저자는 어떤 인물이고 오늘날 이 사상은 우리에게 무엇을 시사하는지와 같은 내용으로 유일한 홍보 스폿을 낭비할 수 없다고 느꼈다. 나는 고민 끝에 '윗사람은 마음을 숨겨야 하고, 아랫사람은 마음을 읽어야 한다!'라는 카피를 제목안과 함께 적어 두었다. '검은 속내를 두꺼운 얼굴로 감추고 상대에게서 원하는 것을 얻어 내라'는 책의 메시지를 살짝 꼬아 만든 카피였다. 제목회의를 하는데 직급이 가장 높은 상사가 카피가 심상치 않다, 어쩌면 반응이 있을 수 있겠다며 흥분하기 시작했다. "밀면 밀리겠는데?" 이런 말들이 나오고, 판매목표를 상향 조정하고 제대로 한번 팔아 보자 다짐하며 회의가 마무리되었다. 출간된 책은 순식간에 종합 10위 안에 들었고 내가 퇴사하기 전까지 45쇄를 돌파했다. 이 책 이후 나는 중국 고전 시리즈를 꾸준히 편집했고, 제갈량의 용인술을 다룬 책에는 '승부처는 사람에게서 나온다!'라는 카피를, 조조라는 냉혹한 상사를 보좌하면서도 단 한 번도 핵심 인사에서 제외된 적이 없는 사마의의 절제의 처세술을 다룬 책에는 '자신을 이기는 자가 최후의 승자가 된다'라는 카피를 달았다. 책이 나올 때마다 아저씨 독자들의 열렬한 지지를 얻었으며 모두 수십 쇄를 찍는 데 성공했다.

제목이 독자를 특정하고 메시지를 전달하는 매력적인 미끼 구실을 한다면, 우리의 카피는 미끼를 문 독자를 덥석 끌어올리는 낚싯줄 역할을 해야 한다. 독자의 욕망을 독자가 원하는 방식대로 해소할 수 있도록 구체적으로 자극해 주는 것, 그게 카피 한 줄이 해내야 하는 역할이라고 생각한다.

{ 8 }
1할의 미래지향성이 출판사의 캐릭터를 만든다

더 나은 공동체를 위한 제안

사랑한다면 미래를 꿈꾸게 된다

멀리깊이를 창업하고 아직 책도 나오지 않았을 때에 나는 아동청소년을 후원하는 NGO 단체 한 곳에 기업후원 문의를 했다. 당장에 뭘 어떻게 하려는 것은 아니었지만, 일단 방법을 알고 있으면 실현하려는 의지가 더 강해질 것 같았다. 단체로부터 온 후원금 안내메일을 확인하며 적지 않은 금액 규모에 깜짝 놀라고 만 나는 민망함과 씁쓸함을 동시에 느꼈다. '어지간히 벌어서 될일이 아니구나.' 벌기도 전에 쓸 생각 먼저 한다는 핀잔을 듣기도 했지만, 시작하는 순간부터 아무리 적은 금액

이더라도 아동청소년 후원이라는 방식을 통해 책 만드는 일의 의미 구조를 공고히 하고 싶었다. 오늘의 독자에게 책을 팔아 내일의 독자를 키운다, 이런 의미였다.

  멀리깊이에서 특히 어린이를 대상으로 책을 만들 때마다 나는 매우 이상적인 비전을 담게 된다. 아이가 둘이나 있어서 더 그런 것 같은데, 단어를 많이 외우라거나 단기간에 점수를 어떻게 올리라는 말은 도무지 하고 싶지가 않다. 역으로 공부는 못해도 괜찮으니 열심히 놀라는 메시지를 주기도 싫다. 노는 일도 중요하지만, 공부하는 일은 그보다 더 중요하다. 그것이 딱히 학교 공부일 필요는 없다. 무엇이든 일정 수준에 오르기 위해 꾸준히 학습하고 노력을 습관화해서 결국 그 수준에 오르는 일은, 아이들 인생 전체 궤도를 생각했을 때 너무나도 중요한 일이다. 자전거를 못 타면서 자전거 여행을 즐겁게 할 수 없고, 피아노를 못 치는데 연주회에 나갈 수 없으며, 축구를 못하면서 반 대항전에 나가 선수로 뛸 생각을 할 수 없는 것과 마찬가지 이치다. 잘할 수 있는 사람이 즐거운 인생을 산다. 따라서 나는 아이들에게 노트를 꼼꼼하게 쓰고, 교과서를 제대로 읽으며, 문제를 적확하게 푸는 방법을 알려 주는 책을 만들었다. 한국사나 우주 지식 역시 너무 얄팍하게 공부하지 않게끔 줄글을 꽉꽉 담은 책을 만들었다. 떠올려 보자. 우리가 아는 많은 교양지식은 어린 시절 배운 것에 머물러 있는 경우가 많다. 동서남북 방위표를 배운 시기나 황순원의 소설 『소나기』를 읽은 것도 모두 어린이 또는 청소년 시절이다. 아마 『소나기』 이후 평생 어떤 소설도 읽어 본 적이 없는 사람도 대한민국에 허다할 것이다. 그러니 초등 시절에 소화할 수 있는 최대한의 내용을 책에 담아내려 노력한다. 그게 박스든 표든 일러스트든 하나하나 수놓듯이 작업하다 보니 매번 책을 만들 때마다 여간 진이 빠지는 게 아니다. 당장 한 권 한 권의 판권과 제작비를 확보하는 것만도 버거운 상황에 한 권을 만드는 데 너무 많은 시간과 비용을 들이면서 부담이 없는 것도 아니다. 무엇보다, 가볍고 쉬워 보이지 않는 책이라서 선택받지 못할까 봐 너무나도 두렵다. 그러나 모든 지식을 우유에 시리얼 말아 먹이는 수준으로 제공할 수는 없다. 팔리면서 영양가도 높은 책의 좌표를 찾느라 계속 헤매는 중이다.

그런데 분야나 타깃 독자에 관계없이, 책을 만드는 각자가 자기 나름의 기획과 편집 철학을 지니는 것은 무척이나 중요하다. 내 책을 읽는 독자들의 성장을 도우려면 적어도 이 정도 지식은 습득해야 한다는 영양사의 마음으로 책을 만드는 것, 그리하여 골격도 골밀도도 다 부지게 성장하도록 돕겠다는 마음을 먹는 것. 나는 이를 '미래지향성'이라고 명명한다. 이 지향성이 마치 스타벅스의 초록처럼 모든 책에 강렬하게 드러날 때, 비로소 출판사의 캐릭터가 명확해지리라고 본다.

나와야 하는 책이라면 내는 것이 맞다

멀리깊이의 출간 목록에서 유독 도드라지는 책 한 권이 있다. 제목은 『언론자유의 역설과 저널리즘의 딜레마』다. 일의 결과만큼이나 과정에서 이룩하는 의미가 중요한 나 같은 사람에게는 그야말로 모든 순간이 완벽했다고밖에는 말할 수 없는 책. 과정은 이러했다.

　창업 첫해에 나는 온갖 종류의 외서를 검토하는 동시에 그간 내고 싶었지만 출간에 이르지 못했던 콘셉트의 기획안을 닥치는 대로 작성하고 있었다. 닥치는 대로라고는 하지만, 오랜 기간 그야말로 염원하던 아이템도 많아서 하나하나 굉장히 정성스러운 기획안이었다. 앞서 언급한 대로 저자께 드리는 프레젠테이션 형식으로 만들었고, 일단 기획안을 보면 적어도 내가 어떤 정성으로 이 책을 만들지, 이 책이 출간된다면 독자들은 얼마나 큰 효용을 얻을 수 있을지를 보이고자 했다. 그 무렵 내가 고민하던 한 가지 문제는, '기레기'라는 오명에도 계속되던 저열한 기사 양산과 정치화였다. 물론 열악한 상황에도 불구하고 최선을 다해 진실에 접근한 기사를 써내려는 기자도 많을 것이다. 그러나 대다수 언론은 제 기능을 다하지 못하는 것은 물론 자신의 정치적 이해에 따라 시민이 올바른 정보에 접근하지 못하도록 훼방하는 존재였고, 그 과정에서 언론 공격의 희생자가 속출했다. 나는 이 언론 문제와 관련해 책이 어떤 역할을 해야 한다면, 그건 바로 시민 개개인이 언론을 제대로 비평할 수 있는 능력을 기르도록 돕는 일이 아닐까 생각했다. 단순히 감정만 내세워 욕할 것이 아니라 조목조목 따지는 것에서 출발해야 언론도 좀 긴장하고 자세를 바로잡지 않을까 하는 문제의식이었다. 그래서 당시 『정준희의 해시태그』를 비롯해 『100분 토론』 등의 진행자로 유명했던 정준희 교수를 섭외하기로 했다.

결과적으로는 거절 메일을 받았지만, 너무나 정성스러운 회신이었고 왜 당장 이 작업을 진행할 수 없는지 상세히 설명해 주었기에 아쉽기는 해도 오히려 기분 좋은 거절이었다. 그 상태로 기획도 표류, 2년 정도가 흐른 어느 날이었다. 혼자 사무실에서 퀭한 눈으로 원고를 보고 있는데 띵동 하고 메일 알람이 울렸다. 별다른 생각 없이 메일함에 들어갔는데, 목록 제일 상단에 '정준희입니다'라고 적힌 메일 제목이 보였다. 심장이 빠르게 요동쳤다. 이게 내가 상상하는 그 정준희가 맞을까 한참 생각했다. 그리고 두 눈을 질끈 감고 클릭. 눈 떠 보니 첫 문장이 이랬다. '그간 안녕하셨는지요.' 흑, 안녕했지요, 그럼. 무슨 일이세요. 어쩐 일이세요!!!!!

메일의 내용인즉슨, 『언론자유의 역설과 저널리즘의 딜레마』라는 원고가 있는데 제목은 바꿀 수 없고 출간 일정도 촉박하다는 것이었다. 그와 함께 제목과 일정에 얽힌 사연과 출간 전 협의해야 하는 내용이 꼼꼼히 넘버링되어 있었다. 아이, 당장 하고 싶었다. 하지만 모두가 아시듯 멀리깊이에 편집자는 나 하나, 재정 자원도 충분치 않아서 한 권 한 권 계획적으로 출간하고 지출하지 않으면 안 되는 상황이었다. 나는 멀리깊이 경영지원을 담당하는 부장님께 전화를 걸어 메일 내용을 공유했고, "지금 상황에선 안 하시는 게 맞지 않을까요?"라는 회신을 받았다. "그렇겠지요……." 풀 죽은 목소리로 전화를 끊었다.● 그러고 났는데 시간이 흐를수록 뭔가 억

● 역시 투자사인 휴먼큐브의 부장님을 뜻한다. 결정은 당연히 내가 내린다. 그러나 함께 일하는 이들이 어떤 생각을 가지고 있는지를 묻고, 들은 의견에 대해 다시 한번 고민하는 과정은 반드시 거치려고 노력한다. 자율성은 '내가 관여해 영향을 미칠 수 있는 영역'에서만 발휘된다. 또한 이러한 자율성이 담보되어야 창의성

울했다. 아니, 내가 멀리깊이를 왜 차렸는데. 이런 거 하려고 굳이 따뜻한 아랫목에서 뛰쳐나온 거잖아? 다시 부장님께 전화를 걸어 흡사 안 선생님을 찾은 정대만처럼 울먹이며 말했다. "저, 이 책 하고 싶어요." 수화기 반대편에선 깊은 한숨과 함께 대답이 들려왔다. "하고 싶으면 해야죠."

『언론자유의 역설과 저널리즘의 딜레마』는 흡사 물난리 중에 마실 물이 없는 것처럼, 언론의 자유가 이토록 흘러넘치는데도 정작 시민의 목을 축일 깨끗한 기사는 찾아볼 수 없는 현실을 '언론자유의 역설과 딜레마'로 정의한다. 원고를 읽는 내내 쉽다고는 느끼지 못했지만, 당당한 비판과 날카로운 비평에 속이 뻥 뚫리는 해방감을 느꼈다. 그러나 정말 이 책을 우리 독자들이 사 줄까? 그 지점에는 자신할 수가 없었다. 그렇게 책을 내놓고 보니, 예상치 못한 속도로 책이 팔려 나가기 시작했다. 정확히 2주 만에 초판이 동났고, 재쇄가 들어오기까지 서점 주문을 받지 못할 상황이 되었다. 그리고 이 책이 출간되기 불과 며칠 전, 일하고 있는데 메신저 알람이 울려 봤더니 가까운 마케터에게서 메시지가 와 있었다. 내용은 단 두 글자, '대박'. 갑자기 웬 난린가 누

도 구현된다. 함께 일하는 사람들이 좀 더 창의적인 아이디어를 내 주기를 원한다면, 그가 어떻게 생각하는지 묻고 그 의견이 반영되는 영역을 점차 넓히는 일에 노력을 기울여야 한다.

구 연예인 결혼하나 생각했는데 문재인 대통령의 페이스북 링크가 날아들었다. "이 시대의 귀중한 언론비평서입니다." 그렇게 『언론자유의 역설과 저널리즘의 딜레마』는 노벨문학상보다 강력하다는 '문재인 대통령 추천도서' 띠지를 두르고 서점에 나가게 되었다.

앞서 언급한 최연희 편집자의 말처럼 '이 책을 한국 사회에 소개해 보고 싶어, 나라도 소개해야 돼'라는 소명의식을 가지는 일은 매우 중요하다. 무엇보다 이런 소명의식을 독자가 알아줄 리 없다고 오만하게 예단해선 안 된다고 생각한다. 다만 형식과 과정에 대한 고민을 깊이 있게 해 나가야 한다. 적어도 멀리깊이는 이 이야기를 누가, 왜, 어떻게 해야 하느냐에 대한 고민에서는 게으른 적이 없다. 앞으로 더 기대해도 좋다. 멀리깊이의 이런 고민이 2024년까지 쉬지 않고 책을 내도 될 만큼 빼곡한 출간 목록으로 치환되어 있으니 말이다. 개중에는 '엇, 이런 코딱지 같은 회사에서 이런 책을 내네?' 싶은 아이템들도 다수 포진되어 있다(안 나온 책을 두고 이런 설레발을 쳐도 되는지는 모르겠지만, 그렇다고 1~2년 안에 망할 회사도 아니니 큰 문제는 없으리라고 본다). 나는 무엇을 근거로 본질이니 소명을 운운하는가. 만드는 과정 역시 결과물의 일부라고 생각하면, 우리가 정성을 들이면 들일수록 더 나은 사회를 만드는 데 기여하는 출판인이 될 수 있다.

몸담았던 회사에서 나는 누구나 다 아는 초대박 베스트셀러는 아니더라도 어지간히 팔리는 중대박 베스트셀러를 많이 만들어 봤다. 만지기 곤란하거나 상대하기 어려운 저자의 원고가 들어왔을 때 그 원고가 자연스럽게 내게 배치되는 순간의 짜릿함을 즐기기도 했다. 그 모든 생활을 뒤로하고 홀로 창업을 하고도 2년이 훌쩍 지난 지금, 나는 그때 그곳에서 무엇을 했던 편집자였나를 생각해 보면 떠오르는 책은 잘 팔린 책이 아니라 열심히 만든 책이다. 책이 팔리지 않을 때마다 수시로 두려움에 휩싸이다가도, 과거 책이 팔리는 와중에도 이 책의 의미가 나에게 무엇인지 수시로 곱씹던 때를 생각하며 평정심을 되찾곤 한다.

부처님이 말씀하셨듯이 인생은 기본적으로 고통의 바다, 모든 것이 번민이고 모든 것이 업보다. 나는 교회 다니니까 예수님 말씀도 해 보자면, 우리는 태어날 때부터 모두가 죄인이므로 우리 인생의 디폴트값은 죄와 비참이다. 책이 소름 끼치게 팔려서, 그야말로 500만 부가 팔려 줘서 인생이 돈으로 된 아스팔트를 저항 없이 굴러가는 모양새를 취하더라도, 그 와중에도 고통은 찾아오고 번민은 수시로 우리를 괴롭힐 것이다. 출판인의 최대 적은 공허다. 출판이라는 의미의 사슬 구조에서 의미를 빼고 나면 남는 것은 공허뿐인데, 공허가 찾아온 순간에는 돈이고 나발이고 출판 인생은 끝났다고 보는 것이 좋다. 그때부터 남은 선택은 하나다. 사장이라면 돈 주고 똑똑한 직원 뽑아 책 만들게 시키고 나는 건물이나 보러 다니는 것이고, 직원이라면 어차피 내 돈으로 만드는 책 아니니 월급 받는 만큼만 일해 주기로 마음먹고 월급보다 조금씩 부족한 수준의 책을 만들어 내는 것이다. 이 순간의 나를 출판인이라고 할 수 있을까? 사실상 내가 가장 두려워하는 것은, 매출이 없는 상황이 아니라 공허해지는 상황이다.

그렇다고 겨울이면 화장실 어는 사무실에서 손가락 호호 불며 책을 만든다고 그 현실이 행복할 수 있겠느냐, 그렇지도 않다. 그런고로 내 월급 버는 수준으로 약아빠지게 굴면서 우리 책의 의미를 극대화해 나가려 한다. 공허하지 않기 위한 몸부림에는 비용이 발생하지 않는다. 오직 나의 시간, 나의 기술력이 필요할 뿐이다. 이렇게 갈고닦은 나는 회사는 물론 사회 전반의 소중한 지식 유통업자이기 때문에 경력이 쌓일수록 사회 전반의 정보를 내실 있게 하는 가장 큰 근거가 된다.

그러니 다시 돌아와서, 만일 우리가 한 권의 책을 출간해야 한다면 어떤 책을 선택하는 것이 맞을까. 최연희 편집자는 이렇게 권한다. "비판적 상상력을 촉발하는 책, 해당 분야의 첨단을 달리는 메시지를 담은 책, 전문가와 일반인이 함께 찾을 수 있는 책, 앞으로 최소 50년은 계속 인쇄될 책. 그리고 현실을 바꾸는 데 도움이 되는 책. 내가 지금 발 딛고 사는 사회, 한국 사회가 안고 있는 문제들을 제대로 인식하고 그 해결책을 찾는 데 일조하는 책, 그런 책을 한 권이라도 더 내자, 아직 저는 그렇습니다."●

예순의 편집자가 "아직 저는 그렇습니다"라고 말하고 있다면 우리도 앞으로 그렇게 해 버리면 된다는 말이다. 돈 안 되는 책 만든다고 욕 좀 먹더라도, 훨씬 쉬운 방법이 있는데 왜 굳이 그렇게까지 공을 들이느라 진을 빼느냐고 핀잔 좀 듣더라도, 그게 우리 업이고 사명이라고 생각하며 뚝심 있게 버텨 보자. 『애린 왕자』처럼, 최연희 편집자가 만든 『왜 세계의 절반은 굶주리는가』처럼, 우리의 독자들은 우리의 간절함에 중쇄로 대답해 준다는 사실을 잊지 말자.

● 「편집 외길 30년 '한 번은 읽을 만한 책, 만들어 왔죠'」, 『한겨레』(2021. 12. 31.)

서로의 책에 대한 비평도 반드시 필요하다

문제를 개선하는 데는 칭찬이 효과적일까, 욕 한 바가지가 효과적일까. 나의 기질을 기준으로 대답하자면 칭찬은 장점을 발전시키는 데 효과적이고 욕 한 바가지는 단점을 보완하는 데 효과적이다.

지난해에 기후 위기에 대한 책 한 권이 출간되었을 때 나는 가장 먼저 그 책을 사 본 독자 가운데 한 명이었다. 우리가 생각하는 것처럼 기후 위기는 그렇게 심각하지 않으며, 일부 환경론자들의 공포 마케팅으로 인해 지구 전체가 지나친 염려증을 앓고 있다는 주장을 담은 책이었다. 출간 전부터 원서의 존재를 알고 있었기에 내용이 궁금하기도 했고, 무엇보다 책 제목대로 정말로 지구의 기후위기라는 거대한 압박감에서 벗어나 멸망 없는 지구에서 살아갈 수 있으리라는 희망적인 메시지가 있는지 알고 싶었다. 아마도 많은 독자가 바로 이 희망을 품고자 이 책을 구매했을 것이다.

결론적으로 책을 읽고 난 후 나는 분노하는 마음을 금할 수 없었다. 코끼리 상아를 뽑아 만들던 물건들을 플라스틱으로 만들기 시작했으니 플라스틱이 좀 더 자연친화적이라거나, 원자력이 필요 이상으로 오해를 받고 있다고 주장하며 후쿠시마 사고 발생 이후에도 후쿠시마는 방사능 청정지역이라고 주장하는 대목에서는 기가 찼다. 『침묵의 봄』 이래로 가장 탁월한 업적!'이라는 띠지 카피도 기만적으로 느껴졌다. 레이첼 카슨 선생님이 들으면 지하에서 관 뚜껑을 뜯고 나올 소리였다.

그러나 이 모든 사실보다 불편한 것은 이 책을 대하는 언론과 업계의 태도였다. 몇몇 보수 신문은 '신재생에너지가 친환경? 그건 당신의 착각!'과 같이 자신들의 정치적 이해에 따라 책을 선전했다. 어떤 기사는 '환경·에너지·경제가 동반 발전하는 환경주의를 지향해야' 한다고 주장했지만 환경과 에너지가, 환경과 경제가 동반 발전한다는 것은 애당초 말이 안 되는 주장이었다. 책 내용을 그대로 옮겨 적으면서 정작 이 책의 많은 수치와 진단이 부분적인 오류를 안고 있거나 전체적인 맥락에서 오직 자기 입맛에 맞는 일부만을 떼 온 결과라는 사실에 대해서는 일언반구도 언급하지 않았다. 대부분이 이런 식이었다.

책을 읽었다는 사람들이 올리는 글 역시 마찬가지였다. 이 정도면 뭐라고 문제제기를 할 법한데 싶은 사람들조차 그저 '잘 읽었다'는 언급뿐이었다. 이러다가 이런 종류의 책이 유행이라도 타게 되면 어쩌나 싶은 마음도 들었다(나중에 찾아봤더니 한 신문에 실린 청소년 칼럼에는 '정말 환경을 보호하고 싶다면 막연한 두려움에 사로잡히지 말고 무엇을 할 수 있을지 생각해 보자'는 내용도 담겨 있었다).

비평의 기능이 온전하게 작동한다면 세상에 나와서는 안 되는 책이란 없을 것이다. 나와서 까이면 그만이니까. 하지만 어떤 책이 나와 돌아다녀도 이를 비평하는 사람이 하나도 없다면 책은 공동선을 가장 최전선에서 무너뜨리는 기폭제가 될 수도 있다. 나는 우리 출판의 사명 중 하나는 비평이 되어야 한다고 생각한다. 많이 읽고, 좋은 점은 자꾸자꾸 공유하고, 혹 나와 다른 의견을 펼치거나 문제가 있어 보이는 부분에 대해서는 과감하게 묻고 비판하기도 하는 분위기가 필요하다. 이 비평 자체가 책을 더 많이 읽게 하고 좋은 책이 널리 읽히게 하는 강력한 동력이기 때문이다.

대체로 환경 문제에 심드렁한 사회 분위기 속에서 이만큼의 논쟁거리를 안겼다는 점에서는 나올 책이 나왔고 팔릴 책이 팔렸다고 생각한다. 다만 이를 적절하게 비평하는 분위기가 형성되어, 단순히 베스트셀러였다는 평가 말고 어떤 문제점을 안고 있는지까지 적극적으로 논의되었더라면 어땠을까 하는 아쉬움이 남는다.

사실 이렇게 쓰고 있는 나도 두려운 마음이 크다. 누군가 멀리깊이 책에 이 같은 문제제기를 해 온다면 얼마나 공포스러울까. 몇 년 전, 한 유튜버가 쓴 과학책이 페이스북에서 신랄하게 까이는 것을 보았다. 아주 기본적인 단위 표기조차 잘못 표시되어 있는(내용을 보아하니 정말로 저자가 해당 단위 개념을 이해하지 못한 상태에서 출간된 책처럼 보였다) 본문을 두고 과학 분야 유명 저자들이 조목조목 오류를 지적하고 있었다. 남이 만든 책인데도 등골이 서늘해지는 기분이었다. 그러나 결과적으로 그 사건은 해당 도서나 출판사에게 유익한 일이다. 그 책이 그들 출간 목록의 마지막 한 권이 아니기 때문이다. 앞으로 나올 책들을 위해서 정보의 질과 함량에 대한 고민은 끝이 없어야 한다. 적어도 그 고민을 하는 중이라면 우리의 출판에는 충분한 의미가 있다.

{ 9 }
한 부를 더 파는 마케팅

함께 엮여 있다는 느낌을 주는 브랜딩을 위하여

그만하는 건 언제든 할 수 있으니 오늘은 하지 맙시다.
오늘은 걷는 쪽으로 한 걸음 더.
— 드라마『미스터 션샤인』중 고애신의 대사

돈 쓰는 게 능사는 아니다

나는 첫 책『날마다, 출판』에서 이런 말을 한 적이 있다.
"돈을 안 쓰고 노출되는 방법은 단 하나다. 적절한 기획
의 책이 잘 만든 형태로 나와 주는 것이다."

이 책의 출간으로부터 1년이 지난 오늘, 다시 한번
이 문장을 읽어 보자니 명치가 답답해져 온다. 돈을 안

쓰고 책을 노출시키려면 일차적으로 책을 잘 만드는 것이 맞다. 좋은 기획이 잘 만든 책을 가능하게 하고 잘 만든 책은 저절로 중쇄로 이어진다는 신념에는 변함이 없다.

실제로 멀리깊이에서 공들여 만든 책들은 모두 초기에 비용을 들이지 않고도 여러 효과적인 매체에 노출되어 중쇄를 찍는 데 성공했다. 중쇄를 찍었다는 말은 손익분기점은 넘겼다는 말이니 거의 모든 책을 손해 보지 않고 판매하는 데 성공했다는 말이다. 그런데, 단지 중쇄를 찍는 데서 책의 수명이 다하는 것도 문제다. 당연히 10쇄, 100쇄를 찍는 책으로까지 키우는 것이 좋다. 그렇게 되어야 저자께도 책을 쓰는 데 들인 노력에 부합하는 인세를 드릴 수 있고 출판사도 생존에 필요한 휴식 시간을 벌 수 있다. 그렇게 인세라는 대가를 받은 저자가 더 좋은 책을 쓸 수 있고, 충분히 휴식을 취하는 출판사에서 지속적으로 좋은 책을 준비하고 만들 힘을 키울 수 있는 것이다.

어떤 책도 기획하는 순간에 판매량이 결정되는 경우는 없다. 아무리 팬이 많은 저자의 책이라 하더라도 그 팬들을 독자로 만들기 위해서는 책이라는 상품의 교환가치가 그만큼 뛰어나야 한다. 이미 독자가 확보되어 있고 그 독자들이 돈으로 사 볼 만한 함량을 구현했다면 별도의 마케팅 비용 없이도 저자의 채널 내지는 커뮤니티 내에서 순식간에 판매가 되고, 이러한 구매가 온라인 서점을 비롯해 서점 순위에 반영되어 일반 독자들의 눈에도 빠르고 쉽게 노출될 수 있다. 출판사로서는 이보다 감사한 일이 없을 것이다. 그런데 유튜브 채널이나 카페 혹은 특정 플랫폼처럼 좁은 커뮤니티 내에 갇혀 책의 소구가 확산되지 못하는 경우, 초기에는 엄청난 화력을 자랑하다가 일정 규모 내에서 팔릴 만큼 팔리고 나면 금세 시장에서 사라지는 일도 적지 않다. 설령 그렇다 해도 손익분기점을 넘기지 못하는 책의 운명보다는 저자·출판사·독자 모두에게 의미 있는 일이다.

그러나 한편으로 '팬덤을 보유한 유명인의 책만 만들려는 패턴이 보편화'되거나 '더 높은 인세와 광고비를 감당할 수 있는 대형 출판사끼리의 각축전으로 변질'되는 현상이 가뜩이나 열악한 출판시장의 건전성을 해칠 위험이 있다는 점도 간과해서는 안 된다. 그럼에도 불구하고 독자가 이미 동질감과 일체감을 느끼는 저자(매주 구독하는 유튜브 채널, 덕질의 대상 등)를 발굴해 그의 콘텐츠를 소장하고 간직할 수 있는 형태로 만들어 주는 일 역시 출판의 중요한 역할이라고 본다. 새로운 형태의 글쓰기와 기획 방식은 그야말로 새로운 형태의 책 만드는 방식이 등장했다는 의미일 뿐, 어떤 것이 우월하고 어떤 것이 열등하다고 비교할 수 있는 문제는 아니다. 다만 이 방식으로 책을 만들 수 있느냐, 만든다면 얼마만큼의 완성도를 구현하느냐가 우리의 역량을 드러내는 일일 것이다. 문제는 단지 책의 함량이다. 누가 어떤 방식으로 내든, 그게 대필이든 하다못해 아예 저자가 없는 책을 편집해서 내든, 독자가 느끼기에 내 돈 주고 사보기에 충분하다면 그게 무슨 대수겠는가. 알맹이 없는 책들이 시장에 난립해서 껍데기끼리 싸우는 환경이 되는 것이 두렵지, 그게 먹기 좋고 영양가 넘치는 과육이기만 하다면 색과 모양은 그저 부수적인 문제일 뿐이다.

사실 1만 구독자 단위로 유튜브 채널을 정리한 후에 구독자수 높은 순으로 일단 제안 메일부터 돌리고 앉아 있는 최근의 기획 풍경이 그리 좋아 보이지만은 않는다. 개중에는 '뭐든 하나만 얻어 걸려라' 하는 심정으로 룰렛 돌리듯 기획이 진행되는 경우도 있어 보인다. 그러나 이렇든 저렇든 이를 통해 얼마나 참신하고 독자 친화적인 책들이 쏟아졌는지를 생각해 보면, 이 룰렛 게임조차도 결국엔 일정 수준의 방법론이 되리라고 믿어 의심치 않는다.

문제는 독자가 한없이 멀리 산발적으로 떨어져 있는 책이다. 독자가 군집되어 있지 않고 여기저기 흩어져 있다는 것은 두 가지를 의미한다. 애초에 타깃이 뚜렷하지 않은 책을 기획했거나, 확장성을 높이겠답시고 책의 콘셉트를 일부러 두루뭉술하게 만들었거나. 이런 마케팅은 흡사 원양어선을 타고 나간 상황 같을 수밖에 없다. 우리의 책을 사 줄 독자들이 있는 저 먼 바다까지 찾아가 그물을 던지고 독자를 낚아 올려야 한다. 이런 경우 마케팅 비용이란 우리 독자들이 계시는 머나먼 곳까지 배를 끌고 가는 데 필요한 돈을 뜻한다. '자, 여기 여러분이 좋아할 만한 책이 있으니 이거 받고 얼른 책값을 주세요!'라는 메시지를 전달하기까지 우리 책의 표지와 카피를 노출하는 비용이 만만치 않다.

　　멀리깊이에서 11쇄를 찍은 『초등 노트 필기의 기술』은 딱 한 번, 엄마들 타깃의 알림장 플랫폼에 도서 소개를 노출하고 180만 원을 지출했다. 이전까지는 잠잠하던 판매가 이 한 번의 노출로 수직상승했고, 서점에 책이 없어 마케터가 직접 배송을 나가야 할 정도로 반응이 뜨거웠다. 이후 별도의 비용을 들이지 않고 1만 부까지 판매가 이어졌다. 특별히 특정 유튜브나 커뮤니티 판매를 목적으로 기획된 도서는 아니지만 독자 소구를 예민하게 상정한 기획 덕에 너무 늦지도 빠르지도 않은 시점에 적확한 매체에 적절한 노출을 해 성과를 얻을 수 있었다.

그러나 역시 중쇄에는 성공했으나 3쇄는 찍지 못한 다른 자녀교육서의 경우, 무려 250만 원의 비용을 들여 포털 메인에 카드뉴스를 노출했는데 결과는 폭망이었다. 판매량에 아무런 변화가 없었던 것은 물론, 노출된 페이지에 잔뜩 달린 악플 때문에 적지 않은 상처를 입고 이틀쯤 밥을 못 먹었다. 이후 자녀교육서를 다수 출간하는 출판사의 마케터를 만나 돈 쓰고 욕만 뒤집어쓴 경험을 토로하면서 왜 이런 결과가 나온 것 같냐고 물어보았다. 그는 스토리 형식의 카드뉴스가 포털상의 불특정 다수에 노출되는 것 자체에 대한 회의를 품고 있었다. 포털이라는 공간에서 댓글을 다는 행위 자체가 이미 공격적인 성격을 띠고 있다는 것이었다. 이후 멀리깊이는 불특정 다수에게 최대한 많이 노출하는 방식에는 일절 마케팅비를 쓰지 않고 있다. 하다 못해 1만 원을 쓰더라도 타깃 독자의 성격에 부합하는 플랫폼인지, 노출하고자 하는 분야와 연관성이 있는 곳인지 꼭 확인한다.

큰 출판사든 작은 출판사든, 서점에 사람이 없다면 마케팅에 애를 먹기는 마찬가지다. 신문 지면 광고가 효과가 있었던 시절에는 신문에 광고를 하면 책이 팔렸다. 온라인 서점 광고가 강력한 효과를 내던 시기에는 온라인 서점에 배너 광고를 하면 그만이었다. 이때는 매력적인 카피와 디자인 구성이 매우 중요한 요소였을 것이다. 그러나 요즘에는 어떤 카피를 얼마나 멋지게 꾸며서 내보내더라도 결과가 마찬가지다. 서점에 사람이 없기 때문이다. 그러니 몇몇 유튜브 채널과 접촉하고, 이미 수십 권의 책이 노출되어 있는 여러 카페에 원 오브 뎀으로 서평단 이벤트를 신청하고, 인스타그램에 카드뉴스를 걸어 소액 광고를 돌리고 나면 할 수 있는 것이 없어진다. 돈을 써도 안 팔리고 안 써도 안 팔린다면 안 쓰고 안 팔리는 쪽이 차라리 출판사에는 이득인 지경에 이른다.

책은 대대로 소문으로 팔려 왔다

그래서 요즘 많이 생각하는 것이 멀리깊이라는 출판사의 브랜딩이다. 지난 2년, 기획과 편집에 공을 들여 신생아 멀리깊이가 걸음마를 뗀 수준으로는 성장했다는 느낌을 받고 있다. 실제로 그간 펴낸 구간 덕분에(긴 호흡으로 버텨 주는 바로 그 책들 덕분에) 신간을 무리하게 찍어 내지 않아도 출판사가 굴러가는 데는 큰 문제가 없게 되었다. 무엇보다 적어도 내후년까지 출간할 원고가 두둑하게 쌓여 있다는 점이 고무적이다.

반면에 반성해야 할 지점도 있다. 분야에 상관없이 필요하다고 생각한 책들을 종횡무진 출간하다 보니 출간 도서를 한 줄로 쭉 세워 놓으면 그 목록이 좀 난삽하다. 창업 후 1년 반을 넘긴 시점에는 이 문제 때문에 정말 고민이 많았다. 이대로 가다가 아무런 매력 없이 그냥 돈 되는 책 다 만드는 회사처럼 보이면 어쩌나 싶은 두려움도 컸다. 그래서 가지런한 출간 목록의 제왕 유유출판사의 조성웅 대표를 찾아가 이 문제에 대해 고민을 털어놓았는데, 그의 대답은 이랬다. 엉뚱한 고민 하지 말고 낼 수 있는 책을 잘 만들라! 마침 이 원고를 정리하는 중에 『행복을 파는 브랜드, 오롤리데이』라는 책을 읽었는데, 저자인 오롤리데이 박신후 대표가 정확히 같은 지점의 고민을 토로하는 부분이 나왔다. 생각해 보면 창업 직후 시점에 나의 능력과 경험은 최대치가 아닌데, 그때 이미 회사의 브랜딩이 완성되어 있다는 것은 어불성설이었다. 할 수 있는 걸 모두 해 보고, 그중에서 나의 가치관과 능력에 부합하는 방향성을 찾으면 그만이었다. 그래, 이제껏 버티고 생존했다는 것 자체에 감사하자. 지나친 반성은 자제하자. 지금의 멀리깊이가 미완인 것은 물론이고 앞으로 얼마의 시간이 흐르더라도 멀리깊이는 언제나 미완일 수밖에 없다. 다만 족적과 방향성만큼은 시간에 비례해서 뚜렷해질 것이다. 나는 이렇게 생각하기로 했다.

책은 대대로 소문으로 팔려 왔다. 요즘처럼 매체가 발달한 시기에도 가장 강력한 구매 동기는 믿을 만한 이들의 추천이다. 업계의 대가가 이 책을 읽고 여러 인사이트를 얻었다고 추천한 그 책, 혼자 짝사랑하는 사람이 지금 읽고 있는 책이라며 SNS에 올린 그 책, 몇 번 다녀봤더니 재미도 있고 도움도 되는 듯해 앞으로도 계속 참석하려는 독서모임의 운영자가 다음 모임 때 읽어 보자고 제안하는 그 책, 바로 이런 책이 출판사에서 돈 한 푼 쓰지 않고도 날개 돋친 듯이 팔리게 되는 그런 책이다.

그렇다면 논의는 다시 원점으로 돌아온다. 입소문이 날 정도로 재미있고 유익한 책을 만들어야 한다. 나아가서 우리가 만든 책이라면 믿고 살 수 있다는 신뢰를 구축하는 브랜드로도 만들어야 한다. 믿음직스러운 업계 리더나 함께 그 책을 읽고 싶은 사람이, 책에 대해 얘기하는 것이 즐겁고 기쁜, 바로 그런 입소문의 출발점이 우리 자신이 되어 보자는 말이다.

그러자면 장기적으로 '멀리깊이라서 다른 많은 브랜드보다 특별히 잘할 수 있는 소재와 분야'를 보유하고 있어야 한다. 그 출발이 기획력과 편집력이어야 하고 장기적으로 특정 키워드와 이슈에도 특화될 수 있어야 한다고 본다.

지난 서울국제도서전을 방문해 깊은 인상을 받은 출판사가 있으니, 바로 봄알람 출판사다. 편집자와 디자이너, 마케터로 구성된 이 작은 출판사는 창간 이래 꾸준히 페미니즘의 가치와 지향점을 공유할 수 있는 책을 만들어 왔다. 페미니즘을 제대로 이해할 수 있는 용어 해설에서부터 한국 사회에서 여성으로 살기 때문에 겪는 다양한 문제를 철저하게 여성의 시선에서 해부하고 공감하는 방식으로 여러 분야의 책을 내고 있었다. 무엇보다 만듦새가 매우 훌륭한 점이 인상 깊었다. 책의 제목과 디자인, 카피와 본문 편집이 매우 멋졌다.

이처럼 출판사의 담론을 확고하게 형성하고 나면, 단기적으로는 생존의 문제가 해결되며 장기적으로는 한국 사회에 꼭 필요한 이야기를 심도 깊게 해 나갈 동력을 얻게 된다. 그야말로, 사회에 꼭 필요한 출판사가 되는 것이다.

꼭 필요한 출판사가 되는 일만큼 확실한 브랜딩은

없다. 그러자면 이 작고 소중한 멀리깊이에 속한 유일한 기획자이자 편집자이자 대표인 내가, 그 브랜딩을 구축해 나갈 정도의 전문인이 되지 않고서는 불가능한 일이다. 방향을 잡고 그 길을 헤쳐 나갈 구체적인 방법론을 그때마다 구축해 나가는 것. 우리 출판인이 종국에 걸어야 할 길이다. 그러니 회사에 속해 있다고, 당장 책이 좀 안 팔린다고, 아니면 당장 좀 상황이 좋다고 우리의 역할과 기능에 게을러져서는 안 된다. 내가 만드는 책의 가장 큰 브랜드는 바로 나여야 한다는 생각으로 원고에 임하는 일이 무엇보다 중요하다.

﹛ 10 ﹜
우리의 독자들이 책에 부여한
오라를 간과하지 말자

잠깐 반짝였던 '클럽하우스'가 시사하는 바

참여의 수단이 아닌 소외의 수단

음성 기반 채팅 플랫폼 '클럽하우스'를 기억하는 분이 많을 것이다. 2020년 4월 론칭되어 2021년 1월 한국에 상륙한 클럽하우스는 일론 머스크가 주식 공매도를 둘러싼 설전을 벌인 시점 이후로 급속도로 상승곡선을 그렸다고 한다. 관리자가 적어 어쩔 수 없이 선택한 방법이라고는 하나, 기존 가입자의 초대를 받아야만 들어갈 수 있다는 폐쇄성과 아이폰 사용자만 가입할 수 있다는 점 때문에 곱지 않은 시선을 받기도 했다. 그러거나 말거나 당근마켓에서 클럽하우스 초대권을 사고파는 현상이 생길 만큼 힙한 서비스였다. 오프라 윈프리나 마크 주커버그 같은 유명인과 실시간 대화를 나눌 수 있다는 점이 엄청난 메리트로 느껴졌기 때문이다. 실제로 내가 들어가 있던 방에 과학 분야 유명 저자가 들어와 인사를 나누기도 했고, '정우성 배우님 들어와 주세요'처럼 특정인을 만나기를 고대하며 개설된 방도 있었다.

그러나 클럽하우스에는 사람을 미묘하게 주눅 들게 하는 구석이 있었다. 안 그래도 어디서나 주변부일 뿐인 우리 인생이 또다시 셀럽들의 들러리가 된다는 느낌이 강하게 들었다. 일단 어디든 들어가면 관리자 또는 그와 친밀한 관계를 맺은 사람들이 주고받는 대화를 몰래 엿듣는 기분을 계속해서 느껴야 했다. 발언권을 얻기 위해 기다려야 하고 그나마도 관리자가 발언권을 주지 않으면 대화에 참여할 방법이 없었다. 어느 순간부터는 직함 있는 사람들만 발언권을 독식했다. 그런 분위기에서는 유명인과 나누는 대화라는 메리트도 그다지 큰 의미가 없게 된다. 무엇보다 기록이 되지 않으니 모두 허공에 사라지는 대화들이었다. 코로나 팬데믹이라는 특수한 상황을 맞아 모두가 강제로 집에 처박혀 있어야 할 때 그 많은 잉여 시간을 어떻게든 때우는 좋은 도구는 될지 몰라도, 장기적으로 효용성을 느끼며 사용할 만한 플랫폼은 아니었다.

클럽하우스가 나 같은 일반인에게 그다지 매력적인 서비스가 아니었던 이유는, 혹여 밀접한 거리에서 유명인과 함께 있는 기회를 누릴 수 있다손 치더라도 그들이 자기 브랜드를 과시하는 목적으로 그 서비스를 사용하는 한 내게는 어떤 유익도 없었기 때문이다. 얼마 안가 '관종들이 참여하는 플랫폼'이라는 멸칭을 얻은 것도 그 공간을 이용하는 다수가 유익한 대화를 목적으로 하기보다는 불특정 다수를 대상으로 나라는 멋진 존재를 과시하는 수단으로만 사용했기 때문이다. 클럽하우스가 무섭게 트렌드를 잠식할 당시에는 이거야말로 책의미래라고 호들갑 떨던 사람들이 입을 다무는 데는 그리오랜 시간이 필요하지 않았다.

여전히 책은 가장 강력한 깨달음의 도구

『헤르만 헤세의 책이라는 세계』에는 무려 100년 전, 사람들이 영화만 보고 책을 안 읽어서 책 시장이 망하면어쩌나 걱정하는 이야기가 나온다. 지금 우리 생각으로는 100년 전 사람들이 매체로서의 책의 가치에 대해 의심할 필요가 없어 보이지만 말이다. 이런 우려에 대해

헤르만 헤세는 명확한 결론을 내린다. 사진이 회화에 해가 되지 않았듯이, 문학이 영화 때문에 손해 볼 일은 없다고 말이다. 한때는 전자책이 종이책을 전멸시킬 거라고 두려워하던 시절이 있었다. 유튜브를 비롯해 온갖 콘텐츠 구독서비스가 콘텐츠 시장을 잠식하는 모습을 무력하게 바라보는 우리로서는 100년 전 헤르만 헤세의 진단에 마냥 위로받기는 힘들다. 그러나 프린스턴대학교의 유럽사 교수이자 하버드대학교 도서관장을 지낸 로버트 단턴의 표현대로 "전자책은 구텐베르크의 위대한 발명을 대체하는 것이 아닌 보완하는 역할"을 했다.●아마 100년 뒤에도 책 읽는 사람들은 사라지지 않을 것이고, 책 읽는 사람들이 사라지지 않는 한 책 만드는 이들도 사라지지 않을 것이다.

책을 통해 보이지 않는 것을 상상하고, 정보를 습득하고, 그로 인해 성찰하는 속성은 인간이 다른 모든 동물과는 본질적으로 다른 존재이기 때문에 지닌 특징이다. 그러므로 우리는 '사람들이 책을 읽지 않는 현상' 때문에 좌절할 것이 아니라, '책으로 만들어야 하는 정보가 무엇인지'를 고민해야 한다. 밀리의서재를 필두로 도서 구독서비스가 쏟아질 때 출판계 대부분은 콘텐츠를 공짜로 보는 독서 습관이 시장을 금세 위축시킬 거라고

● 『책의 미래』, 로버트 단턴 지음, 성동규·고은주·김승완 공역, 교보문고, 2011.

걱정했다. 나는 오히려 이들 구독서비스가 읽지 않던 독자를 시장으로 유입하는 데 일정 역할을 했다고 본다. 헤비 리더들의 연령대는 자꾸만 높아지는데, 새로운 읽기 습관을 가진 이들이 계속해서 유입되는 환경을 만들지 않으면 장기적으로 특정 연령층에 출판시장 전체가 고여 있는 상황도 생겨날 수 있다. 나는 이쪽이 훨씬 더 위험하다고 느낀다. 밀리의서재를 비롯한 구독서비스에서 노출이 잘된 도서들이 종이책 시장에서 베스트셀러가 되는 현상을 나는 새로운 독자의 유입으로 해석한다. 그러므로 시장의 변화 자체에 너무 겁먹을 필요는 없다고 본다. 우리가 책다운 책을 만들기만 한다면, 독자는 우리가 만든 책을 읽어 줄 것이다.

어느덧 30년 전 명화가 되어 버린 이와이 슌지 감독의 『러브레터』에는 여주 후지이 이츠키가 남주 후지이 이츠키에게 호감을 품게 되는 장면이 나온다. 장소는 도서관. 서가 한편으로 불어 드는 바람에 커튼이 부드럽게 나부낀다. 남주 후지이 이츠키가 쏟아지는 햇살 속에서 책을 읽고 있다. 가만히 몰입해서 활자를 읽는 그의 모습은 그 자체로 아름다운 무언가의 표상이다. 인간은 오랜 역사 속에서 책 읽는 인간에게 오라를 부여해 왔다. 책 읽는 인간에 대한 우리의 사랑이 멈추지 않는 한, 적어도 책만큼은 멸종을 걱정하지 않아도 된다. 우리, 책 만드는 일로 장수하자. 그러기를 결심하기가 어려울 뿐이다.

{ 11 }
버티고 버티면 언젠가 중쇄를 찍는다

살아남는 놈이 살아남는 출판이라는 세계

1쇄 소진 시 남는 돈은 얼마인가

창업 후 2년, 중쇄율 70퍼센트를 유지하는 동안에도 '단순히 중쇄를 찍는 수준으로는 지속적으로 책을 만들어 나갈 수 없겠구나' 하는 생각을 정말 많이 했다. 산술적으로 따져 봐도 그렇다. 내가 만든 책이 나 한 명의 월급을 감당하는 상황을 설정해서 따져 보자. 256쪽 도서 정가를 15,000원이라 치고, 2,000부를 제작해 공급률 60퍼센트에 유통사로 납품하면 매출은 1,800만 원이 발생한다. 여기에서 배본까지 소용되는 비용만을 계산해 이익을 확인해 보자.

매출	18,000,000원
저자 인세	-3,000,000원
제작비(종이+인쇄)	-4,000,000원
디자인비	-3,500,000원
물류비	-500,000원
	7,000,000원

　만일 일러스트레이션을 진행했다면 일러스트레이션 비용을, 외주교정을 진행했다면 외주교정 비용을, 번역을 진행했다면 번역 비용을 제해야 할 것이다. 마케팅 비용을 1원도 쓰지 않았다는 전제하에 각종 세금을 제하고 나면 겨우 내 한 달 월급을 건지거나 아주 쉽게 적자가 된다. 2쇄나 3쇄를 찍어 바로바로 소진되어 준다면 그때부터 이익은 차곡차곡 늘어나겠으나 대부분의 2쇄 도서는 해당 도서를 찍은 제작비만큼도 팔리지 않고 창고에 쌓여 있을 가능성이 높다. 그러면 다시 창고비용 때문에 마이너스로 전환되기 시작한다. 더욱이 1년에 책 6종을 만들었다면, 저 매출에서 내 인건비를 2개월 치로 계산해 넣어야 한다. 1쇄 소진만으로는 반드시 마이너스가 된다.

　조직의 규모가 커지고 팔리는 책의 종수가 많아지

면 자연스럽게 한 권 팔아 한 달 먹고사는 구조로부터 탈출할 수 있으나, 역으로 1쇄조차 소진되지 않는 책이 서너 권만 연달아 나와 줘도 웬만한 영세 업장은 직원 월급도 지급하기 힘들어진다. 외주자는 말해 무엇할까. 10년이 흘러도 제자리인 쥐꼬리만 한 외주비도 몇 달씩 지급을 늦추다가 결국엔 떼먹고 마는 사업장도 많다.

이런 환경에서 출판사가 살아남는 방법은 두 가지다. 하나는 터지는 책을 만드는 것, 다른 하나는 터지는 책이 나올 때까지 버티는 것이다. 2년 10개월을 살아남은 멀리깊이의 첫 책인 확장 외국어 시리즈 도서 중 한 권은 초판 2,000부를 찍어 첫 1년간 1,500부, 다음 1년간 250부가 나갔다. 남은 250부가 모두 소진되는 날, 나는 그때까지 살아남은 멀리깊이에 축하를 전하고 나 자신에게 정말 맛있는 와인과 치즈를 선물할 작정이다.

저자와 독자의 입장이 아닌 만들고 파는 사람의 입장에서 중쇄란, 다음 달 그리고 그다음 달을 버티게 해 주는 힘이다. 역으로 중쇄를 찍지 못한다는 것은 책을 내면 낼수록 빚이 느는 개미지옥을 창조하는 것이나 마찬가지다. 그러니 사업자가 아니더라도, 큰 조직에서 안정적으로 책을 만들고 계신 동료들도 한 권 한 권에 더 절실한 의미를 부여하면 좋겠다. '내가 사장도 아닌데 왜 그런 고민을 해?'라고 생각할 수 있다. 맞는 말이기도 하다. 실제로 많은 조직이 이 중쇄 책임을 사원 하나에게 지우지 않기 위한 시스템을 구축하고 있다. 출간점검회의, 기획회의, 제목회의, 마케팅회의, 매출회의 등이 모두 중쇄율을 높이기 위한 시스템이다. 그러니 매 회의가 중쇄를 찍기 위한 과정임을 인식하고, 그 귀한 시간에 직원들 모아 놓고 이상한 잔소리나 늘어놓는 상사가 되지 않도록, 뭐 어떻게든 책은 나오겠거니 설렁설렁 회의에 임하는 출판인이 되지 않도록 노력하자.

동료, 같이 버티는 사람

책을 만드는 과정에서 여러분을 가장 힘들게 하는 일은 무엇인가? 내가 출판사에 갓 입사한 새내기 편집자일 때는 책 한 권을 만드는 데 공정이 너무 많았다. 나는 그 공정을 익히는 것이 참 힘들었다. 기획안을 쓰고 제목안을 쓰고 교정을 보고(그것도 네 번이나!) 디자인 시안을 잡고 데이터를 확인하고 넘기고 인쇄하고 가제본을 확인하고 보도자료를 쓰고 배너와 상세페이지와 카드뉴스를 만드는 일 하나하나가 다 힘들었다. 특히 매뉴얼에 따라 정확히, 반복적으로 하는 일에 취약한 나는, 결재 한 번 올릴 때마다 매번 결재 라인을 틀려 반려당하는 내가, 전표 잘못 쳐서 같은 전표를 몇 번이고 수정하는 내가 정말 싫었다. 실수 한 번으로 돌이킬 수 없는 상황이 벌어지는 것도 견디기 힘들었다. 한번은 출력해 온 필름을 검판하면서● 필름을 더럽히지 않게 조심한답시고 하얀 면장갑을 끼고 필름을 확인하다가 마찰 때문에 필름 더미를 바닥에 쏟은 적이 있었다. 당시에도 수십만 원이나 하던 필름 수십 장을 다시 출력할 수밖에 없었다. 그날 2200번 버스를 타고 집에 돌아가면서 어두운 차창에 비친 울먹이는 나를 보며 뜨거운 눈물 콧물을 입술 사이로 들이마시던 기억이 아직도 선명하다.

그러나 그 모든 과정에서, 나를 돕는 사람들이 있었다. 자잘한 일은 옆자리에 앉은 동료가, 큼직큼직한 사고는 팀의 사수나 장들이 대신 막아 주거나 힘껏 애써 주었다. 출판은 생리적으로 수십 개 공정에서 수백 가지 사고가 터질 수 있는 현장이다. 인쇄기가 돌아가면서 오탈자가 생긴다는 말을 할 정도로, 완벽이란 것이 불가능한 환경이기도 하다. 그럼에도 불구하고 그 모든 난관을 뚫고 책 한 권이 독자가 돈 내고 볼 수준으로 완성이 된

● 과거에는 출력용 PDF 대신 인쇄용 필름을 출력실에서 받아와 별색판과 먹판에 이상이 없는지 한 장 한 장 확인했다. 환한 빛이 깔린 검판용 책상에 필름을 올리면 먹과 별색이 또렷하게 보이는데, 문제를 발견하면 해당 글자를 오려 내어 새로운 글자 필름을 테이프로 붙이는 식으로 수정했다.

다는 것은, 그 모든 공정을 함께 버텨 준 동료들 덕분이라는 사실을 알아야 한다. 그리고 그 도움의 손길을 적극적으로 활용할 때 중쇄의 성공률을 높일 수 있다.

저자를 출판의 동반자라고 인식하는가, 짜증 나게 이것저것 자꾸 고쳐 대는 사람이라고 인식하는가. 상사를 내 의견을 함께 발전시키는 사람이라고 생각하는가, 아무 때나 트집 잡는 꼰대라고 생각하는가. 같은 팀의 팀원을 어엿한 조직의 일원으로서 자기 몫을 감당하는 동료라고 인식하는가, 시키는 일 딱딱 해야 하는 보조도구라고 여기는가. 상대를 어떻게 여기느냐에 따라 우리 책의 꼴이 달라진다. 상대의 의견을 어느 정도로까지 깊게 끄집어내느냐에 따라, 그걸 얼마나 긍정적으로 반영하고 발전시키느냐에 따라 우리 책의 완성도가 달라진다. 출판계처럼 말도 많고 탈도 많은 동네에서는 사람이 사람에게 스트레스로 인식되기 쉽다. 실제로 별난 사람이 유별나게 많기도 하다. 그런 캐릭터의 의견까지 흡수할때 책은 얼마나 깊어질 것인가. 출판과 같은 규모의 산업에서, 버티기는 곧 생존을 의미한다. 나는 (나를 괴롭게 하는 이들까지 포함해) 함께하는 이들이 얼마나 오래 버텨 내도록 서로가 서로를 북돋느냐가 출판 생존의 조건이라고 생각한다.

얼마 전에 내 책 『날마다, 출판』의 포스팅이 연달아 검색되기에 '좀처럼 팔리지 않는 책에 무슨 일이 일어난 거지?' 확인해 봤더니, 몇몇 출판사의 편집자와 마케터가 모여 독서모임을 꾸렸는데 첫 책으로 『날마다, 출판』을 선정한 모양이었다. 정기적으로 만나 맛있는 것도 먹고, 책도 읽고, 책을 읽고 나면 반드시 게시글도 작성하는 듯했다. 정말 좋아 보였다. 모여서 술 마시며 연봉 까면서 욕이나 할 수도 있을 텐데, 이토록 건전한 모임이라니. 함께 버티는 사람이 있을 때 생존을 위한 집중력이 높아진다. 그 높은 집중력을 바탕으로 중쇄가 가능해진다.

읽는 사람이 되자

마지막으로 간곡한 부탁이 있다. 우리가 서로의 책을 읽자는 것이다. 나는 출판계에 일하는 사람을 만나 같이 책 얘기 나누는 시간이 정말 행복하다. 안 그래도 지껄이기 좋아하는 성향이긴 하지만, 내가 읽은 책을 읽은 다른 사람을 만나 그 책에 관한 이야기를 나눌 때면 극도의 흥분과 즐거움을 느낀다. 가끔씩 혼자 책을 읽고 있노라면 낭패감이 몰려올 때도 있다. 아니, 읽는 게 이토록 즐거운데 내가 왜 만든다고 그 고통과 고난을 정면으로 맞고 있을까. 만드는 시간에 차라리 읽는 게 낫겠다고 느낄 정도로 책은, 독서는, 내게 큰 기쁨이다.

함께 업계를 살아 나가는 동료들께서도 서로가 만든 책을 읽으며 행복을 느끼셨으면 좋겠다. 바로 그 시간이 출판이라는 녹록지 않은 산업에 종사하며 그래도 끊임없이 기쁨과 보람을 느끼게 하는 원동력이 될 것이다. 무엇보다, 책은 우리의 일이다. 읽은 것을 기반으로 더 나은 정보를 가공하려고 노력하는 일을 멈추지 않아야 한다. 때때로 책을 읽지 않는 동료들을 만날 때, 나는 불편하다. 전에 일하던 회사 건물 2층에 헬스장이 있었다. 헬스장 관장이 1층에서 엘리베이터를 타고 2층에서 내리는 모습을 보고 다른 층 세입자가 "헬스장을 하면 한 층 정도는 걸어다녀라" 하고 한심하다는 듯 중얼거리는 말을 들었다. 잘했다는 것은 아니지만 그런 말을 하는 감정에는 공감할 수 있었다. 먹는 걸 싫어하는 사장님이 운영하는 가게에서 음식을 먹을 때처럼 신뢰가 가지 않는다. 기왕이면 먹는 얘기를 하며 눈빛이 초롱초롱해지는 사장님 가게에서 점심을 먹고 싶다. 기왕이면 저자 얘기를 하며 심장이 터질 듯한 기쁨을 드러내는 출판인이 만들고 파는 책을 손에 넣어 읽고 싶다.

멀리깊이는 작은 회사다. 아마 누군가 작정하고 휘불면 저 멀리 날아가 버릴지 모른다. 그런 작은 회사에서 많은 전문가의 글이 가볍지 않은 함량으로 쉬지 않고 출간되었던 원동력은 단 하나다. 끊임없이 읽었기 때문에 만들고 싶은 이야기가 샘솟았다. 저자를 설득할 때에도 마찬가지였다. 내가 읽은 책이 저자가 써야 할 다음 책의 근거가 되었다. 어떤 행위의 결과는 행위 자체에 당위성이 있다. 읽는 행위는 읽는 행위를 낳는다. 멋진 기획을 하고 싶은가? 읽자. 알찬 차례를 구성하고 싶은가? 읽자. 완성도 높은 편집을 하고 싶은가? 읽자. 잘 팔고 싶은가? 읽자. 좀 읽자. 더 읽어야 한다. 나부터 시작해서 우리, 읽기를 멈추지 말자. 최전선의 독자가 되어 자꾸만 위로 앞으로 이 시장을 끌고 나가 보자. 그렇게 시장의 영역이 확대될 때 우리의 중쇄율도 높아질 것이다.

영혼이 있는 중쇄를 찍자

구로사와 아키라 감독의 불멸의 명작 『7인의 사무라이』는 크게 두 개의 이야기 구조로 나뉜다. 전반부는 고통받는 농부의 촌락을 지키기 위해 아무런 명예도 돈도 바라지 않는 사무라이 7인이 하나둘씩 마을에 도착하는 이야기다. 후반부는 도적 떼가 들이닥칠 때마다 속절없이 마을을 내주고 작물을 모조리 빼앗기던 농부들이 전열을 가다듬고 '싸움의 주체'가 되어 '승리하는 경험'을 하게 되는 이야기다.

사무라이들이 도착해 마을의 경계를 바로세우고 불침번을 정하고 군사 훈련을 시행하기 전까지, 농부들은 그저 무기력과 두려움에 사로잡혀 벌벌 떨기만 하는 존재였다. 더는 이런 수탈을 견딜 수 없다며 우리를 도울 사무라이를 찾아 마을을 지키자고 한 농부가 제안했을 때, 다른 농부는 비통한 표정으로 우리가 그런 일을 어떻게 하겠냐고, 그저 굶어죽지 않을 만큼만 곡식을 남겨 달라고 도적 떼에게 애원해 보자고 이야기한다.

성공은 그 자체로도 값진 것이지만 더 큰 의의는 따로 있다. 성공을 경험하고 난 우리의 인식과 지평은 한층 넓어져 있다. 우리가 우리를 어떻게 지키겠냐고, 농부란 원래 수탈당하는 존재라고 절규하던 이들조차 전략에 따라 도적을 한 놈씩 상대하더니 결국은 서른 명의 도적 떼를 말끔히 해치워 버렸다.

아마 이 책을 읽고 계신 출판인, 정확히 말해 중쇄를 찍기 위해 오늘도 고군분투하는 동료들께서는 하루에도 몇 번씩 자신의 능력과 가치에 회의를 품는 괴로운 순간을 마주하실 테다. 누구보다 내가 잘 안다. 내가 만든 책의 판매량을 확인하는 아침마다, 온라인 서점 베스트 순위에 올라온 동료들의 책을 확인할 때마다, 서점에 나가 서가에 진열된 수천 권의 책을 눈으로 확인할 때마다 느낄 슬프고, 부럽고, 답답한 마음을. 창업한 뒤 2년이 훌쩍 지난 오늘도, 전 직장에 계속 있었으면 자리 하나 꿰차고 적어도 월급은 마음 편히 받으면서 일하고 있을 텐데, 본전이 생각나는 순간이 많다. 그러나 모든 슬픔과 미련과 후회는 딱 거기까지다. 내 위치와 자리가 어디든, 내가 만든 책이 언제나 내가 안은 문제의 해답을 안긴다. 우리에겐 우리의 책이 남는다. 이 모든 혼란과 고통은 언젠가 지나가고, 우리가 간절히 만들고자 했던 그 한 권이 우리 독자 손에 쥐어진다. 지난 모든 괴로운 문제들, 그 혼란의 순간은 어디에 있는가. 이미 지나갔다. 그리고 모든 수련이 그렇듯이 고스란히 우리의 근육이 되어 있다. 우리의 책 만드는 과정은 하나하나 우리 몸의 가용 범위를 넓힌다. 그렇게 찢고 힘주어 당기고 버티는 동작의 반복 끝에 우리는 탄탄한 근육을, 굳이 의식하지 않아도 바르게 곧추선 척추를 갖게 된다.

『이것은 작은 브랜드를 위한 책』에 이런 문장이 나온다. "진정성이 빛을 보기까지는 시간이 걸린다. 하지만 그 시간이 쌓여 브랜드의 영혼이 된다. 진정한 영혼을 가진 브랜드가 승리한다." 중쇄 찍는 법의 핵심에는 우리가 있다. 그 원인도 결과도 우리일 것이다. 그러니 너무 자신을 비난하지 말고 무시하지 말고 혹사하지 말자. 경계를 바로 세우면서, 전략도 공부해 가면서, 이기는 경험을 반복하면서 우리, 중쇄의 제왕이 되어 보자.

작고 소중한 멀리깊이에 귀한 원고를 주신 저자들

께, 적지 않은 도서의 재쇄를 찍게 해 주신 독자들께 깊은 감사의 인사를 드린다. 힘들고 지칠 때마다 응원해 주신 덕분에 버티고 있음을 알아주셨으면 좋겠다. 아울러 휴먼큐브를 비롯해 멀리깊이가 힘차게 책을 만들고 팔 수 있도록 함께 애써 주신 계열사 동료들께 깊은 감사의 말씀을 드린다. 지난 2년 10개월을 걸어온 것은 모두 함께해 주신 덕분이라고 꼭 말씀드리고 싶다.

첫 책의 에필로그에 나의 대현 씨에게 '나를 아는 모든 사람이 당신의 이름을 알아요'라고 고백했다가 책 내용보다 그 문장이 더 많이 회자되는 것을 보았다. 대현 씨에게는 감사밖에 드릴 것이 없다. 이제는 그가 딱히 나와 분리된 무언가라고 느껴지지도 않는다. 내가 뭔가 해냈다면 거기에 대현 씨가 있었기 때문이다. 사랑하는 두 딸에게도 너흰 그저 우리 사랑의 결과물일 뿐이라고 못 박아 둔다. 너희가 아무리 귀여워도 언제나 두 번째다.

원고가 지나치게 우울하고 암울하게 흘러가는 것을 미연에 막아 주신 사공영 편집자께 감사의 말씀을 드린다. 이후 마무리 작업을 함께해 주신 인수 편집자께도 감사의 말씀을 드린다. 두 분께서 이 원고를 사랑해 주신 덕분에 정신없는 와중에도 마감할 동력을 끌어올릴 수 있었다. 글로소득자들의 꿈의 브랜드 유유를 일구고 이 책을 출간해 주신 조성웅 대표께도 감사의 말씀을 드린다. 멀리깊이도 언젠가 유유처럼 멋진 브랜드가 될 수 있었으면 한다.

마지막으로 지난해 어머니를 여읜 우리 아버지, 오랜 세월 꿋꿋하고 묵묵하게 가족을 지켜 주셔서 정말 감사하다. 멀리깊이에 돈 떨어질 때마다 빌려주신 것도 정말 감사하다. 아침마다 하루도 빠지지 않고, 정말 하루도 빠지지 않고 성경 한 구절씩을 보내 주는 어머니께도 감사하다. 나는 그리 신실한 신자는 아니지만, 엄마가 이렇게까지 하는데 하나님이 나한테 박하게 할 리는 없다는 확신을 가지고 있다. 우리 부모님은, 확신을 갖게 하는 사람들이다. 두 분의 성실과 신뢰가 나로 하여금 나는 실패할 리 없다는 자신감을 갖게 한다.

아, 이래 놓고 실패하면 어쩌지. 그런 두려움이 하루에도 몇 번이나 마음속을 헤집는다. 그러나 이 책을 읽는 여러분 덕분에 다시금 견뎌 내고 있다고, 다시 한번 애정을 담아 말씀드린다.

마지막으로, 프롤로그에서 제시했던 기술수용주기표의 이상적인 출판 버전을 한번 그려 보며 글을 마치려 한다. 우리가 중쇄의 캐즘을 넘는다면 아마도 우리 책의 판매주기는 표3과 같을 것이다. 모두의 건투를 빈다.

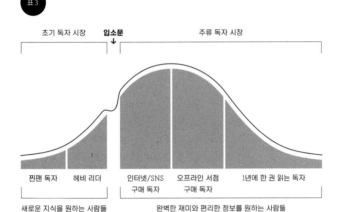

표3

초기 독자 시장 　　　**입소문**　　　 주류 독자 시장

찐팬 독자　　헤비 리더　　　인터넷/SNS　　오프라인 서점　　1년에 한 권 읽는 독자
　　　　　　　　　　　　　구매 독자　　　구매 독자

새로운 지식을 원하는 사람들　　　　　완벽한 재미와 편리한 정보를 원하는 사람들

중쇄 찍는 법
: 잃은 독자를 읽은 독자로

2023년 4월 24일   초판 1쇄 발행

지은이
박지혜

펴낸이	**펴낸곳**	**등록**	
조성웅	도서출판 유유	제406-2010-000032호(2010년 4월 2일)	
	주소		
	경기도 파주시 돌곶이길 180-38, 2층 (우편번호 10881)		

전화	**팩스**	**홈페이지**	**전자우편**
031-946-6869	0303-3444-4645	uupress.co.kr	uupress@gmail.com
	페이스북	**트위터**	**인스타그램**
	facebook.com /uupress	twitter.com /uu_press	instagram.com /uupress

편집	**디자인**	**조판**	**마케팅**
인수, 조은	이기준	정은정	전민영

제작	**인쇄**	**제책**	**물류**
제이오	(주)민언프린텍	다온바인텍	책과일터

ISBN 979-11-6770-061-2 03810
     979-11-85152-36-3 (세트)